重力越过白鸽

曲忌 著

Editorial Comte Barcelona
巴塞罗那伯爵出版社

First edition
Editing by Qinfeng Zhang
Front cover and book design by Tianyu Lu
First printing January 2020
Published by Comte Barcelona

ISBN: 978-84-121437-2-0(Paperback Edition)
ISBN: 978-84-121437-3-7(Digital Edition)
Visit https://comtebarcelona.com

书名：重力越过白鸽
著者：曲忌
版次：2020年1月第1版
编辑：张秦峰
封面和排版设计：陆天羽
出版发行：巴塞罗那伯爵出版社

ISBN: 978-84-121437-2-0(平装版)
ISBN: 978-84-121437-3-7(电子版)
详情可访问网站：https://comtebarcelona.com

作者简介

　　曲忌，男，《守夜人》MOOK 特约作者。曾经是社会上与大众一般无二的执业者，在数年前幡然觉醒，尽弃前尘，以拙笔开始文学创作，作品主要是超现实主义题材的纯文学和实验文学。现隐居在隐遁之地，读书、思考、活着，是一名写作者、一位思考者、一个行吟酒客。

　　窃以为自己是一个生活在高达数光年的、巨大的植物体内的隐世之人，放肆地以一个奇诡的角度观察人世。世人如困囚楼，世事如临荒火。写作并不能解决什么问题，写作只是一种天性，一种幻术，一种即便睁开眼睛也犹如目盲的美学把戏。

出版序

还记得第一次与超现实主义艺术的近距离接触，是刚来西班牙不久，花了一个下午的时间，在马德里的索菲亚王后国家艺术中心流连往返，只有疲惫的双腿在提醒着时间。电脑的相册里，至今仍保留着那时候用不太清楚的手机所拍摄的照片，而那些画仍保留在脑海里，时不时出现。

不用去百科里去查什么叫超现实主义，它是你看了、读了之后便会立即明白的东西，它是人内心里最不受约束的想法、观念、意向和梦境。用一句话概括：超现实主义离梦很近，离现实很远。

有人说，超现实主义的艺术家们，受到了弗洛伊德理论的影响。我不同意。

在弗洛伊德的理论出现之前，西方文学艺术史中不乏这种离奇的虚构，怪诞的幻想，只是大多时候被当作了一种艺术家的精神扭曲，或是受到了异端与魔鬼的诱惑。从圣经中的《启示录》到文艺复兴时期的《人间乐园》，人类喜欢这种神秘而无法表达的东西，喜欢在恍惚与梦境中寻找征兆，解释预言。

只是弗洛伊德，在梦的研究中给予了一种理论上的支持，并将其与无所不能的"力比多"联系在一起。没有弗洛伊德，也会有超现实主义。并且，弗洛伊德的影响，在被驱逐出心理学之外后，便只剩下在文学与艺术领域里糊弄人了。但我们并不需要他。

普通人看展览、读文学作品，总是带着问题去的。作者想要表达什么？如何解读作品？哲学一点的说法就是，读者总是带着意向性的目的去的，试图通过作品去解读出来一定的意义。

这样的观看与阅读目的本身没有错，但这种方法却在 20 世纪初的立体主义之后，失去了作用。当代抽象艺术总是在试图打破这种阅读与观看方式，拷问着观者的耐心与审美，以至于在普通人看来，艺术变成了胡搞。

正是普通人缺乏耐心与拒绝艺术家的拷问，艺术批评家才会给各种各样的流派冠以各种主义"，并以一种或几种理论，作为这个流派的官方"解释。所以，弗洛伊德才成了超现实主义的"官方"解释和"标准"的艺术评论方法。

其实，我们不需要将超现实主义解释为性欲的表达，解释为本我通过自我的关卡所呈现的扭曲。超现实主义可以是怪诞的、可以无法表达，也可以没有一致的解读，但唯独不必要的就是弗洛伊德的理论。

在博物馆里看达利、米罗等人的油画与装置艺术时，我脑中总浮现各种各样的念头，其中有一个就是这样的作品如何通过语言来表现？

在绘画与文字之间，是不同的材质与表达方式，有着一道鸿沟。然而，超现实主义所要传达的东西，总归是人类共有的一种观念、思想和情感，那么也必然能够通过语言文字来表述。

超现实主义文学最好的题材或许是诗歌，而且大部分时候也仅限于诗歌。像是获得过 1979 年诺贝尔文学奖的希腊诗人奥德修斯·埃里蒂斯的作品，我自己也曾写过这样的诗。因为一旦以超现实主义风格写成小说，就会归入到其他流派之下，但这些风格划分的事，都是批评家的事情了，普通读者大可不必介怀。

第一次读到曲忌的文字时，我是很受触动的，每句话都像是一句含义饱满的诗句，值得仔细品味。其文字风格与其所描述的东西，不就是我在那些超现实主义艺术作品中，所看到的景象吗？且不论这本短篇小说集是不是真正的超现实主义，但文字的离奇组合与不可思议的人物塑造，犹如达利画笔的梦境转述，令人不解又心生好奇，试图去揣摩其意。

这样的超现实主义小说是无法重述的，如同夜里所做的奇幻梦境，醒来之后，总是无法用言语说给第二个人听，同时也无法用任何一本解梦字典和百科来解释清楚。因此，读者不妨自己去倾听一下作者塑造的这一个个梦境。

国内也不乏出版社，支持实验文学和先锋作品的出版发行，但受限于环境和市场，一本这样的书从签约到出版，要走过漫长的一段路。甚至有时候出版面市后，作者的心境早已转换，先锋变成了"后锋"，实验变成了"尸检"。

伯爵出版社将这样一部作品作为出版社成立之后，首部推出的书籍，算是一个宣言，也算是给自我一个定位：我们出版梦想，也发行未来。

格列柯南

巴塞罗那伯爵出版社

目录

消亡的图景是一个漩涡

第一部分：从来没有现在的时光

在我成长中的某一个时间段里，我无法分得清过去、现在和未来之间的关系。那种感觉，直到今日看来依然是一段妙不可言的经历。孩童时期的我憧憬着过去发生过的事情，怀念仍未发生的未来的细节；明白不了现在存在的意义，却总是认为当下已经永远过去。也就是说，我从不知道"现在"为何物，也并不理解"现在"是怎样的状态。

尽管我总是能先人一步地将触觉延伸到过去与未来的交界处，并成功地将二者翻转，然而总是缺席每一个瞬间时点的"现在"，甚至连"是不是缺席了"这一思考本身都丧失了主观能动的意识。万幸的是，发生在别人身上的、连续时点状的"现在"这一特殊波长的频率，我可以完整、清晰地全部接收，唯独对自己范畴内的、所有连续点状的"现在"一筹莫展。

这种难以解释的现象从我出生之后的第三个年头开始出现，一直延续到我的生活里发生了那样不可思议的改变。父母一开始只是认为这是作为孩童的我的一种年幼无知的胡闹，一种引起别人注意的手段，一种表现大于意义的恶作剧。然而在过了数年之后，他们才渐渐意识到我身上确确实实的存在着一种他们无法理解的时间曲度，可以让我在被弯曲、折叠的时间剖面里上演着一场截然不同的人生。

我在四岁的时候便经常哭泣，不分时间、场合、人群地任意哭泣。父母总以为我的身体出现了问题，带我去医院儿科做完全身检查之后，医生认为我是一个出奇健康的孩子。但是哭泣总要找寻原因，当儿科医生摘下脸上的医用口罩，露出一副光洁无须的下巴和略显凸出的嘴唇，用假模假式的对待智障儿童的语气问询我哭泣的原因的时候，我并不告诉他是因为我对还未发生的、将来的生活有一种真切的怀念，却总是对着他频频地比出中指。

这样的光景一直持续到我六岁那年。幼儿园的时光大部分是在家中度过的，因为我那长得像水獭和袋鼠交配生出来的班主任告诉我的父母，我是一个不能按照正常人的方式和其他小朋友交流的孩子，总是会在课堂上或者玩耍时说出奇奇怪怪的话，干出一些匪夷所思的事情。父母没有办法，只得将我留在家中，交给他们的父母照看，于是我在六岁之前，有了大把的时间去安静地总结自己的一生。

第一次和父母沟通，是一个不经意间出现的契机。那是一个秋日里平常到令人犯困的周末下午，在以米饭和猪肉、番茄为主要食材的午饭结束后，父亲坐在客厅里的靠背椅上读着昨天的报纸。母亲洗了碗，在用干净的抹布擦拭着原木清漆的餐桌。父亲的妈妈坐在塞满棉花和旧布的老式沙发上，看着十四寸的黑白电视机里的新闻，因为饭后的困意已经在沙发里沉沉睡去。我蹲在客厅的地板上，像是研究如何运用显微镜观察细菌的列文虎克一般，审视着地板上旋转不止的陀螺。

电视台里传来女主播的声音。我突然大叫起来。

"北边出了车祸，死了五个人！"

"西北地区夏天里迎来冰雹，粮食都被打坏了！"

"独生子女加补贴了，每户每月加五块钱，从今年一月开始补发！"

五分钟后，父亲放下手中的报纸，母亲扔掉了手里的抹布，他们把我抱到卧室里，紧张而又激动地问我，是如何知道女主播播报的内容的。我严肃而空洞地看着卧室里梳妆台上的镜子，告诉他们，我在十五年前曾经是一名新闻系的大学毕业生，以优异的论文成绩获得了极具权威性的媒体的青睐，谋得了一份收入颇丰的工作。上大学之前更久的两年里，我和一位电台的女主播在酒会上相识，很快便结了婚，婚礼是在父亲每个礼拜都去的基督教浸信会教堂里举行的。不过我并没有说出过多的细节，因为回忆的景象总是被尚未发生的片段切入。我整理了一下脑中的画面，继续严肃而空洞地望着镜子，告诉他们我在生命的尽头处会成为一名孩子，一个在学校里不受同学和教师欢迎的孩子，每天无所事事，在街头游荡，和吸食软性毒品的人以及流浪汉为伍。我还是怀念以前，作为一名已婚丈夫的生活。

我的描述具有无可挑剔的细节和画面感，虽然从顺序的逻辑上而言像是被拆散后打乱方向又被重新塞进去的磁带，但这并不影响我以虚无而真实的态度将他们的信仰切割成碎片。父母紧紧抓着我胳膊的手变得冰冷、无力、连颤抖都没有。他们的手放开，彼此又握在一起。当他们四目交对、交换心里的震惊和绝望的时候，我从镜子的角落里，看见睡在客厅沙发里的父亲的母亲，像是一只迟钝的蟾蜍般从沙发里探出了身子。

我从未觉得自己有什么不正常，也不觉得活在别人异样的眼光中是一种折磨。相反，我倒是挺喜欢在螺旋式的时间里生长。现在看来，确实有着非同一般的奇异乐趣。比如已快成为危宅的老屋，在我眼里却是刚刚建成的样子。我的童年是在一所崭新的、坚固的、透着刚刷的油漆味道的砖木结构的公寓里度过的。

我常常指着腐朽褪色的木制楼梯扶手，对后来出现的童年玩伴说，你看，它们是多么的干净整齐。又或者会以一种十分困惑的语气询问邻居家里的长者——你看上去并不比我年长，为何我会是你儿子的同龄人呢——等等当时的人们觉得离经叛道的癫狂言语。然而直到现在，我都不觉得当年的自己算是一个多么不正常的怪胎，因为我看到的人们，都在做着比我更奇怪的事情。

邻居家的大儿子年龄与我相仿，是我童年时期的第一个玩伴。他有着一颗对我来说硕大无比的脑袋，以及一副仿佛随时可以杀死同龄人的身躯。他无时无刻不在吃东西，手里总是拿着面饼、带馅儿的包子、烤熟的红薯、以及所有在那个年代经常可以吃得到的东西。

他或许有个名字，不过我不知道，我只习惯称呼他为"暴食者"。

暴食者和我一样，没有上学，因为学校认为我们并不适合与其他人一起出现在教室里。不过这无关紧要，他和我有了更多的时间去发挥自己的特长。白天，我们会翻过学校操场边的围墙，穿过对儿时的我来说硕大无比的操场，偷偷潜进学校的食堂。食堂每天都会蒸包子，供应大约五百个学生的午餐。一笼一笼的包子被架起来，堆叠在蒸笼屉子上加热。暴食者和我会趁着食堂里的厨子站在门口抽烟的间隙，打开蒸笼，偷吃里面的包子。我一般吃两三个之后，便不再进食。暴食者却仍然在我身边不停地咀嚼吞咽。

吃完五百人份的包子大概只需要五分钟的时间。我并没有深究这么多的包子是如何这么快地就进入到他的肚子里的，事实上我更在意他在吃完这么多食物之后连一个饱嗝都没有打。我们迅速地离开学校，继续在街上游荡。一辆堆满香蕉的三轮车停在南北货商店门口，无人看管。暴食者和我骑上三轮车，来到人迹罕至的巷子里。墙上的水管不停地往外渗着污水，几只老鼠在我们到来之后舍弃了自己的领地，沿着水管不知道爬到什么地方去了。他又开始大口大口地吞食着满满一车的香蕉。我没有任何嘲笑他的意思，毕竟我无法看到他的过去，很显然我和他的过去并没有联系，但是在将来，也许我会记住这个一直不停地吞吃一切可以吞吃的食物的庞然大物。事实证明，我的想法是正确的。

另一个朋友是后来在街头遇到的一个曾经在幼儿园里见过的孩子。他也是那个水獭和袋鼠交配后生下来的班主任的学生。我当然会记得那个班主任。每天午睡的时候，她都会悄悄地走到熟睡的孩子床前，把手伸进他们的内裤里去，不管这孩子是男是女。而我从不午睡，我每天中午都瞪大了眼睛看着她做着这样奇怪的事，直至有一天中午她站在我的床前，看着我像盯着一只种族杂交生出来的怪物一般看着她。她那张上半部分如啮齿动物下半部分如哺乳动物的滑稽脸在抖动，命令我赶紧入睡。我还是那样盯着她，却张口说出了她听不懂的话："三十度的血液，在心脏部位的水果刀。"后来听说她在猥亵幼女的时候被女孩的母亲发现，将她诉上了法庭。不过却因为没有明确的证据所以并未对她做出严厉的裁决。女孩的母亲在一个五月里轻风送来栀子花香的午后，在她家楼下截住了她，将一把锋利的水果刀送入了她的心脏。

他并不想谈这件事情，我也对此兴趣缺缺。见了几次面之后，我发现他只有一个爱好，就是坐在马路边用银质的旧式掏耳勺掏耳朵。那把掏耳勺大约有十二公分长，不足小拇指的十分之一粗细，柄把上刻着牵牛花还是什么的，头里是一个小小的勺子形状。每次见到他，他都坐在路边修车厂门口的藤椅上，用这把掏耳勺不停地在自己的右耳里搅动。

我知道他的名字，不过我依然习惯性地不用他的名字称呼他，而是叫他"掏耳者"。

掏耳者每次和我见面，都和我说一些街头趣闻。比如隔壁理发店里的老家伙把一个女人的头发理成了地中海，被女人揪着耳朵拖到门外用指甲挖得满脸的抓痕；又比如住在弄堂里的男人常常去修理厂旁边的烧饼铺子买烧饼，和老板娘眉来眼去，被烧饼铺子老板看出了端倪，不卖他烧饼，他气得站在巷子口跺脚大骂。这样的消息从掏耳者的嘴里一个接一个地随意流淌出来，像是永不枯竭的井水一般自然。"我耳朵好，看不见的事情有时候却能听见。"他常常这样对我说。

有一天晚上，掏耳者罕见地敲了我家的门。父亲把他引到我房间门口，我看见他头上戴着一顶帽子，把两只耳朵都遮住了。我让他进来，把门关上，我能看见他脸上的不安。他一直在用手指抠着我的书桌一角，短促而小声地对我说："喂，你帮我看看，是不是出了问题。"说着他脱下了他的帽子。我一眼就看到了他的右耳。

现在回想起来，也许称呼那个为右耳有点不太恰当，不过当年的我还坚持认为那是掏耳者的右耳。耳朵的整个轮廓基本上消失了，右侧耳朵位置的面孔基本上变成了一个深不见底的黑洞。洞口直径大约五厘米，外口处呈现出细密而又规整的螺旋纹路。我很难想象他是如何用那把精致小巧的掏耳勺挖出如此规模的耳洞的，细腻的螺纹像是一圈一圈的涟漪，从掏耳者的面部逐渐向脑内陷入；又像是脑内的反射弧震动被挤压出来，沿着他一直挖掘的通道，反应在连接最紧密的脸庞之外。

我第一次如此无奈地站在一样我熟悉而又陌生的事物跟前，完全没有办法看到它的过去和未来。我知道自己可以很诚恳地告诉掏耳者，是的你的耳朵已经没有了，它已经变成了一个无人可以解释的洞穴。并且这个洞穴还在生长，还在扩张，这从他那不断蠕动着的外耳轮廓里可以看得出来。不过我并没有这样告诉掏耳者，我只是近似神棍一样地站在他的面前，忧心忡忡地对他说："你会是一轮大变革的关键，做好准备，让你的耳朵保持这样的状态。"

掏耳者相不相信我的话我并不确定，不过就算他对我的预言不屑一顾，也没有任何人或事可以逆转他的使命。我送走了掏耳者，父亲坐在客厅里的椅子上，翻弄着手上的电视机遥控器，不咸不淡地对我说，你朋友的帽子不赖。

父亲以为我不知道他的怪癖，其实在掏耳者敲我家房门之前，他一直坐在客厅里用指甲刀修剪着他那并不长的手指甲，然后把所有铰下的指甲归拢在一个塑料瓶子里，瓶子上贴着一张短胶布，写着年份和月度。他并不知道我当晚一直在虚掩的门后看着他兴奋地收藏着自己的指甲，他也并不知道我在他房间床下从右往左数第六块木板下面发现的——从我出生之前一直到现在的——几十瓶贴着年份和月度的装满指甲的塑料瓶子。

"集甲者"，我在心里默默地对父亲说。

母亲的怪异行为，比父亲的看上去要干净、得体一些。她时常在闲暇无事的时候，用家里的固定电话拨打她并不知道的号码。惯常的情况下会是空号，她便按下挂断键，继续输入另一个号码，可能又是空号，便继续拨打下一个。一旦号码不是空号，并且对方接通了，母亲便保持沉闷，只是听着电话另一头的人在不知是哪里的地方一个劲儿地对着话筒说着："喂？喂？喂？是谁？说不说话？喂？怎么回事？别再打来了！"这时候的母亲仿佛是一面被嵌进墙体里的镜子，在静默的空气里充当着无声的观众。我并不清楚她想通过这样的方式达到什么样的目的，也许，她只是想听到一个臆想的声音，得到一声陌生的问候；又或者想听见对方在这微妙而又神秘的寂静中滔滔不绝地诉说着自己的故事。我也曾不十分肯定地认为她这样做的时候毫无目的，只是在行使着自己也说不清道不明的神圣权利。

"倾听者"，我这样为她定义。

随着我的身体日渐在首尾相连的时光中成长，我见识到了更多称得上是稀奇古怪的行为。幼儿时期的暴食者和掏耳者已经不再让我觉得新奇，因为这个年月里的人们，无一不是怪诞行径的拥护者和盲从者。我目睹了看上去秀色可餐的女人们自愿被套上项圈，跟随在男主或者女主的身后如宠物一般爬行；我听闻了西装笔挺的男士们在深夜无人的后巷里如发情的雄狮一样跨骑在彼此的身上强势交配。我预言的事件仍然在一件一件地成为现实，我在如陀螺一般旋转的时光里头一次感觉到了恐惧和迷茫。

最让我惊慌的是，掏耳者的右耳洞越来越大，越来越外露，细密的耳内螺纹已经蚕食了他的右眼和右半边的鼻子、嘴巴。在我和他最后一次见面的时候，他左半边的嘴唇叼着一支烟，连说话都变得困难，唯一的眼睛里失去了对生命的希望。他摘下帽子、墨镜、口罩，把他那不断蠕动的右耳洞暴露在空气里。

掏耳者抽了半口烟，望着我，说："这世界到底是怎么了？"

　　我想安慰他几句，却不知道该从何说起。我依然看不见他的过去，我的眼前一片黑暗。被吸纳的光线和声波犹如一去不返的细胞死壁，由现实存在的右耳洞将它们一点一点地全部吞噬。我在思考掏耳者的问题。这世界到底是怎么了？暴食者、侵童者、集甲者、倾听者、受虐者、交配者，以及我这样的时空错乱者，是不是还有更多奇异的同类在这片空间里以我们无法想象的方式诞生，我不知道答案，我的眼前仍然一片黑暗。我低着头回味着自己的过去和未来，我很怀念二十年后的自己，也很向往十五年前的自己，然而我的脑海中却并没有现在的自己。没有。我从来不知道什么是现在。

　　没有"现在"意识的我，到底是以一种怎样的形态存在于这个现实里的当下，思索的轨迹在黑暗的泥淖里奄奄一息，这无疑为我带来了从高空翻滚下坠的晕眩感。我突然开始呕吐，吐出来一些淤泥和烟灰，几双高跟鞋，以及一打残破的领带。掏耳者并没有在意我的呕吐物，仍然站在寒冷深夜的路灯下疑惑不解地问着那个问题。"这个世界到底是怎么了？"他的身前空无一人。

　　我很想走上前去拍拍他的肩膀，告诉他想多了并没有用，不过我的身体却不受自己的控制，不断地往地面下方沉降。陷入柏油路面的基底，穿透水管和煤气管道的隔层，我恍若在宽阔无比的地下世界里游移。一个又一个防空洞和下水道被我的躯体充斥，我感到自己在无限膨胀。速度和位移已经无法用来解释这样的触感，我仿佛在没有时间流动的刻度内占据了这个世界范围内的每一顶烟囱、每一块高地、每一粒空气、每一座消防栓。我的身躯太过于庞大，它像一张无处不包裹的皮革般将这个世界紧紧地束缚在自己体内。这世界里的每一个生命在越来越收紧的压力下日渐奇异、扭曲。

　　我看到了数不尽的男男女女在钢筋水泥搭建的空间里用身体传递着无法摆脱的慌张；我看到了前赴后继的暴食者和集甲者，吞吃着身边可以吞吃的一切事物并孜孜不倦地收藏着身体的碎片。我化身无数跳入他们之中，成为所有人之中的每一个人，无数侵童者、倾听者、受虐者、交配者，皆是我之本身。我席卷在这世界的每一个角落，将无数雨水化为乌有，将千里荒漠变作绿洲。我奔跑、跳跃、翻滚，以无穷大象限里的无限个点速度在广袤的生命力里驰骋。我集庞大、无穷、残忍、荒谬于一体，在这个世界上仿佛一记浩瀚的锁喉将所有生命和空间无情碾压。

我终于意识到，我便是"现在"之本身，是阻拦"过去"与"未来"，想永远以"现在"的身份逃离于意识及现实里的"现在"之巨大本体。难怪我压根就意识不到"现在"的存在，原来我自己就是这无法表述的"现在"。它吞噬了毫无防备的过去和未来，将它们以数理统计的方式重新编排，输入到早已乱掉了线索的人群中去，就像是一根被重新卷起来的大麻烟，烟叶重生了新的秩序，在燃烧的温度计里化为灰烬。

我抬起头来，看着面前的掏耳者，仿佛全世界的眼睛都在看着他。他已经在极度的疑惑中被趁势而起的耳洞吸了进去，没有了掏耳者身躯的耳洞孤零零地悬浮在夜晚昏黄的路灯下，如一只永不停止的陀螺在没有未来的空间里旋转。我确定了掏耳者是唯一的掏耳者，这世上再也没有了第二个掏耳者。当我确定了这一事实的唯一性的时候，我便立刻知道了他和我的宿命。

我挟裹起自己巨大的身躯，高高地往空中跃起，如果这也能算做是跃起的话。无穷无尽的煤气管道和下水道随着我的身体同时跳起，没完没了的烟囱和路灯也挂在我的表皮屑上一起浮上了半空。我俯瞰着自己的身体在大气层下的部分闪烁着火花，如一只投往深水里的鱼鹰一般坠向不断蠕动扩张的耳洞。我的头部终于在数万公里的长途奔袭之后进入了已经蔓延了大半个城市的右耳洞中。我的意识逐渐在被吞噬中瓦解，细密的耳洞螺纹将我的躯体和意识在一圈一圈的震荡中碾成粉末。这过程持续了大约有一刻钟的时间，在我被深不见底的耳洞完全吞噬之前，我躯体最后的一部分满怀留恋地扫过我父母居住的公寓。父亲依然蹲在房间里的地板上点数着收藏指甲的瓶子，母亲还是坐在电话前一遍遍拨打着无人知晓的号码。

　　客厅里坐在电视机前沉沉睡去的父亲的母亲，却被不知从哪里钻进窗户里来的凉风惊扰，"唔"地一声从本不深沉的小憩中睁开了眼睛。

第二部分：死亡缺席的黄昏

当我从概念上十分遥远的北方回到家里的时候，有那么一阵子，像活在沼泽地里的僧侣，以心灵深处的猛兽为食，期待信仰之花盛开在潮湿多雨的丛林密所。不与任何人交谈，口腔每天只用来吞吐烟草的余味、咽下单一麦芽酒的醇芳。视线不可固定在任何物体之上，一旦注视时间超过五秒，会诱发剧烈而骇人的肢体抽搐。不能忘记那次在廊檐下的雨中，一只沉默寡言的喜鹊在开阔地里啄断了沙土下一条巨大的蚯蚓的身体，坚硬的鸟喙衔着逐渐膨胀成充满水液的消防管般的蚯蚓尸体，张开一眼望不到尽头的灰蓝色双翼，飞回了开阔地边缘隐藏在枝叶遮蔽里的巢穴。我直挺挺地摔倒在屋外的廊檐下，抽搐的幅度震塌了屋顶，横梁曝露在愈演愈烈的暴雨中岌岌可危。

家中所有人一哄而上，将仍在痉挛中的我高高举起，跑过开阔地，越过丛林，趟过浅河，在一片蔚为壮观的向日葵花海中将我放下。所有的向日葵在我接触到地面的那一个瞬间分崩离析，明黄色的花瓣与绿色的根茎纠缠着抛洒在半空中，将我的亲友们全部洗礼。那一片土地里潜藏着的蚂蚁、蜘蛛、蝮蛇、青蛙，在我停止抽搐并苏醒之后，与我一同静静地躺在深夜无人的月光下，据说在很多年过去之后，它们依然没有能够醒来。

在我偏执又愚蠢的脑袋瓜里，世界只有两个硕大的板块：南方和北方。南方出产稻米、刺绣、和矮小的女人；北方拥有小麦、烈酒、和广袤的草原。尽管家里人一次次地在宽大的白楠木书桌上摊开省市、国家和世界地图，指着地图上一个个用最精细的量尺划分出来的小巧而规整的区域，告诉我这里是某某，那里是某某，我却总是无法理解这些区域存在的意义。那些按照一定规律、一定换算比率描摹出来的分界线，是所有人心目中神圣而不可侵犯的边框。他们甚至疯狂地认为这些分界线是天然形成的屏障，是人类此生发现的最伟大的遗迹。无数绘制地图的工作者们将自己视为里程碑式文明的缔造者、捍卫者；疯狂的人们为了这在地图上描绘出来的曲线奉献一生，甚至在他们长期野外作业归家之后，都无法确定自己的儿女是否来源于自己的精子。

更加富有戏剧性的是，一个在地图绘制部门工作的远房亲戚，曾经在一个树上的猫头鹰都沉睡的夜晚神经质一样的致电给我，与我在电话里讨论了整整一夜关于南北方以及地图上的区块划分的问题。到了早上六点钟的时候，我和他都已经非常疲惫。窗外传来忽远忽近的醒来的声音，那是一种被关闭的生命在接通某种无法解释的能源之后被开启的声音，若干个感官同时张开的讯息被其他生命在一个不固定的波段里接收到的明证。

他在电话那头沉默了一会儿，我能通过电话线听到他感官衰竭的频率。几秒钟之后，他和我说了最后一句话："我不会再和一个不能认清世界本质的人说话，再见。"在他去世之前，我们确实没有再说过只言片语。事实上他的去世非常出人意料，未到四十岁便在一次野外的勘察时遭遇了沙暴，不幸地被埋葬在了北方广阔的荒漠之中。我出席了他的葬礼，在葬礼上看到了很多脸上都刻着曲线的人，让我不禁想起那一次与他结束通话之后，我没有立刻入睡，而是花了差不多整整一个上午的时间打扫了从电话听筒里泄露出来的蜘蛛网般的丝线和铅灰。听说他的妻子在他死后不久就改嫁给了一名律师，且由她的知己好友嘴里透露出，其实这个律师才是他儿子真正的父亲。

从北方回来的那段时间里，我每天都沉浸在这样的回忆之中。将我去北方之前的过去捧在手中，任由其被烟丝与酒精熏酿糜烂。一开始的时候，家里人对我表现出了极大的耐心和容忍。我不分昼夜地躺在自己那张只有八十公分宽的小床上，床单上沾满了烟灰和酒渍。家中长者会抓住我偶尔起来解决排泄需求的空档，将我的床单换成新的，送来一碗米饭和一盘番茄炒蛋。不过我只是在最初的几天里吃一些蛋白质和碳水化合物，后来基本不再进食，每天只靠酒精和清水维持生命。

不出所料，家里人很快便放弃了我，开始对着我大声地咒骂。他们认为我是家里的灾难，是族中的败类，是所有亲友的耻辱。因为我，百年的老屋差点毁于一旦，家中的亲人全部苟延残喘。因为我，祖先保佑的土地里不再诞生瓜果，垂入水中的鱼钩再也钓不到河物。我对他们的咒骂和指责不置可否，事实上我根本无力做出任何辩驳。长期的绝食已经让我的身体发生了不可逆转的损伤，过度摄入酒精和尼古丁使我的血管开始轻微爆裂，眼球里的血丝终有一日会形成血水，从眼角流入空气的缝隙中。肾脏、肝脏、胆囊开始衰竭，脸颊上和鼻翼附近长满了细密的带有毒素的红色颗粒。

这样的日子持续了一个月之后，我的家人终于无法再忍耐下去。他们用冷硬的铁榔头砸开我房间的门锁，七八个人冲进来手里拿着锁链、木棒、改锥、桌腿，想要将还躺在床上卷着大麻烟叶的我置于死地。在那一瞬间我觉得我已经死了，如果床下或者墙上突然张开一个洞穴，往里瞧不见任何的光亮，我都会毫不犹豫地滚入那个洞穴中，哪怕在那样的黑暗里再也不能生还。再也没有比见到自己的亲人想要杀死自己更让人难堪的局面了。我卷着大麻烟的右手突然将手中的烟叶撒进他们的眼睛，这使得他们在携裹着杀气的阵势里显得愚蠢而可笑。当他们用手抹去眼睛里的颗粒物准备再次动手的时候，却看见我的右手摇摇晃晃地举着一把柯尔特响尾蛇型左轮手枪对准了他们之中的每一个人。

我倒了一杯拉弗格麦芽酒，用苍白干枯的连我自己都看不下去的左手端了起来，不紧不慢地喝了一口。左手上的青筋全部爆了出来，像一条条不受控制的毒蛇在我的肌肤下方挣扎。我很担心它们会在我喝酒的当口就挤压着炸开，毕竟口感醇厚的十年陈单一麦芽酒里如果混上我那充斥着尼古丁焦油和富含二噁英血液的话，应当会成为让我无法下咽的饮料。

冲进来的家人像傻瓜一样举着手里的凶器，看着我一口接一口地喝着金黄色的烈酒，一动都不敢动。小姑妈——或许是表姐，我不太能分得清——试图趁我在喝酒的时候上前一步用手里的桌腿抽掉那把柯尔特手枪。我没有让她得逞，而是一枪击中了她手中的桌腿，桌腿在近距离被子弹的力量推挤，脱离了小姑妈的掌控，回过手去硬硬地抽在了她身后三舅舅或者堂哥的脸上，我对他们的身份毫不关心。所有人都听到了骨头碎裂的声音，有鲜血喷出来，溅到了我的床单上。我缩回了穿着袜子的脚，将桌上剩余的半瓶酒和一包大麻烟叶装进塑料袋里，命令他们全部蹲在墙角，自己却在一阵隐约要袭来的抽搐之前飞快地跑出了大门。

我跌跌撞撞地跑过开阔地，跑向进去了就找不到方向的丛林。抽搐痉挛的前兆已经开始在我的肢体上呈现出来，我奔跑中的双腿开始打起了摆子，提着塑料袋的手臂卷曲的像延伸进锁孔里的螺纹。这还不算上我渐渐咧开的唇角，往外泛涌着唾液的白沫。我不愿在这片密林里摔倒，成千上万只虫蛇惨死在我眼前的景象依然盘桓在不太管用的脑袋瓜里，是的，我不愿再看到那样的景象。不知是何种力量一直在支撑着浑身上下起伏不定的我，我不停地在无法找到出口的树林里奔跑，肺部由于痉挛早已缺失了空气，手脚由于扭曲却还在保持着平衡。

我嘴角甩出大量的细腻的唾液泡沫，在身后留下了一长窜的梦幻般的气泡。脚下的土地感应到了我的震颤，我可以感觉到来自于地心深处的恐惧。丛林里的树木不安地晃动着，偶尔有一些深埋在泥土里的根茎被震动掀出地表，"噼里啪啦"地断裂成木屑碎片，刺破了阴暗的空气里尾随在我身后的数量巨大的泡影。如果这时候不是那只喜鹊介入进来的话，我可能会永远地摔倒在这片诡谲的树林中，将自己的身躯埋葬在由于抽搐而形成的的巨大坑洞和无尽木屑之中。

喜鹊的钩爪抓住了我的双肩，将我远远地带离地面，穿越到云层与空气的交界处。我隐隐约约可以看到自己飞越了那片丛林，飞跃了环绕在硕大的南方板块周围的汹涌河流，飞越了地图上数不清的曲线与曲线之间的距离，飞到了一片望也望不到边际的荒芜沙漠的中心。喜鹊并没有给我更多的余裕来熟悉环境，而是在我清醒过来的第一时间松开它的钩爪，任由我好比一滩腐烂的血肉般降落在绵柔细软的黄沙中间。我没有死去。

　　遗憾的是，装有大麻烟和威士忌的塑料袋，丢失在了那一片我没能征服的丛林之中。柯尔特响尾蛇型手枪在我坠落的时候走了火，击穿了我的左大腿骨，使得我在很长的一段时间里，只能依靠乏力的双臂和右腿在一无所有的沙漠里爬行。有几只科莫多蜥蜴和兀鹫过来探查我的生死，被我用打伤自己的利器杀死了几只，并当着它们的面吸食了部分同僚的血液和骨髓，才使得它们如不欢而散的派对乐手一样返回到各自的巢穴中去。我在这个万籁俱寂的黄昏里爬行，丝毫不担心自己的生命在流逝，实际上我的家人并没有发现，为何我在绝食一个月之后，仍然能像一条癞皮狗般活到现在。

　　沙子里散发着积蓄了一整天的余热，很快便将我可怜的身体里的水分蒸发殆尽。然而我仍然没有死去。已经是仿佛行尸走肉的我爬行在越来越冷的沙漠里，期待着手执镰刀、身穿宽大黑袍的死神出现，不过这样的奢望似乎永远也不会实现了。我深知它也许再也不会在我的生命里出现，即便有一千万个阿拉伯的劳伦斯骑着骏马和骆驼在珍珠一样美丽的沙之世界中驰骋，它也不会在这样的黄昏里，从我身上带走哪怕只有那么一点点的生命力。

第三部分：终将迷失的信仰

直到此刻，我才有勇气去回忆我在北方的时候发生的事情，不过那并不重要，重要的是天就要黑了，这个黄昏很快就要像逝去的千千万万个黄昏一样，隐没在未知和不可见的漩涡之中。

不止一个人告诉过我，这片地区的灾难，起源于一个在街边卖头饰的女孩。如果在我第一次听到这个消息的时候，是能够轻易以饱餐后的打嗝声惊醒熟睡在两公里以外的守夜人那样的身体和精神状态的话，想必富有蛋白和纤维的理智情绪也许可以让我在尚未被蒙昧的阶段便摒弃这样荒谬的、被捏造出来的真理。

然而十分遗憾的是，当我初次踏足这片土地，还未来得及与传说中的当地人一样高高跃起，伸手摘下高入云端的果树下的金黄色的果实的时候，便被一支突如其来的游击队伍夺走了激动的理想和健康的肾脏。他们中的一个用手里的柯尔特响尾蛇型左轮手枪击穿了我的右肾，草草地撂倒了我之后并未追究我的生死，因为在我身后的边境线上，还有很大数量的一批流亡者行色匆匆地从异教徒的领地里前赴后继地赶来。

本地的幸存者们在清理边境线上铺天盖地的尸体时挽救了我的生命。他们用迄今为止我都无法知道的泛着银色光泽的金属工具取出了我肾脏里的子弹，以一种我此生都无法理解的祭祀仪式为我的伤口消毒。躺在幸存者们用树皮和稻草堆建起来的小床上，几乎每次醒来之后就立即晕厥，可我依然能够记得头顶上用粗糙的树干和不知名的野兽的毛皮拼接而成的屋顶和四壁，他们用手传递流着鲜血的肉食，将一把把干枯腐烂的水草当做给养埋入自己的腹中。

　　我可能在这被遗忘的边境线旁的小木屋里睡了足足有三年的时光，也许更久。当寒冷的北风吹响了挂在门外屋檐下的牛角短哨，幸存者们便从不存在的缝隙里鱼贯而入，我揣摩他们是连敲门都不需要的。每晚我都被他们胡乱喂下整条整条的虹鳟鱼和无法详细列明数量的仙人球及鱼腥草，这还是难以获取食物的冬季的待遇。在我眼看着屋中的墙壁上攀爬出了浅薄的青苔，兽皮和茅草的空隙里纠缠了交尾中的鸣蝉，他们便会在天还不黑的黄昏里回来，把成堆成堆的野兔和山鸡囫囵吞枣地塞进我的躯壳。在我不长的一生当中从未有过那样的饥饿感和虚无感，仿佛无论怎样填塞，我的终点和底限都随着右边肾脏上的子弹孔消失在了穿透的另一面。

　　幸存者们每晚都在和我讲述同样一个故事，尽管他们认为自己好比阿拉伯的山鲁佐德，将故事的开头标新立异，妄图以看似毫不相关的人物和情节打发我一天下来无所事事的孤独。但是每次在故事稍稍开头之后，他们总是能将话题全部指引到那个永远无法摆脱的人物上去。我十分坚定地认为那是一个魔咒，一个在这片土地上无人可以摆脱的魔咒。幸存者们的故事即将开始，我紧紧地闭上眼睛，试图用无法举起的双手掩护住自己的灵魂，不过果然一切都是徒劳的。我已深深地陷入了这个故事，与这些可怜的幸存者们一道坠入了无法破解的深渊。

　　苍老而低沉的声音在简陋的木屋里响起，与鬼鬼祟祟的烛火一起摇晃，我躺在烛光照射不到的角落里，在三年——也许更长一点的时间里一遍一遍地倾听着这同样的一个故事，在某一个阶段里，我甚至可以把这个故事在极短的时间里在心中反过来读一遍。不过更加神奇的是，在一个无法描述的黄昏时分，当巨大的神谕出现在我眼前令我不容置疑之时，我再也想不起有关这个事情的任何记忆。

　　在世界的另一边听人说起这片区域，总是抱着一幅不可思议的神情。巨大的、金黄色的小麦高耸入云，穗粒饱满而多汁，当地的人们从不用任何器具采摘，而是在欢庆丰收的舞蹈之后，全部自地面高高跳起，穿过云层下方波澜不惊的距离，在进入云层之前腰腹再度发力，将欢快的人们送到果实下方，用双手将硕大如长须鲸般的穗粒带回地面。

数以亿计的、生活在海洋深处的鲑鱼和鳌蟹，与雄踞在陆地高处的棕熊和孟加拉虎谈妥了条件，彼此交换资源及空间。在世界另一头的人们的想象中，这里的大陆上随处可见大如城堡的鳌蟹以及在城市间弹跳的鲑鱼；海洋深处则游弋着棕熊和孟加拉虎巨大的阴影，所到之处往往漂浮着座头鲸和虎鲨凄凉的残骸。我便是因为这样的引述慕名而来，抛弃了原有的生活与信仰，希望在跃入云端的习俗中寻找自身永不遗忘的根骨。

"没有了，什么都没有了。"幸存者这样对我说。

一场大水葬送了这样的理想国。起因是因为一位常年在街边卖头饰的女孩，在吃完简单的午饭冲洗碗筷的时候接到一通神秘的电话，以至于她在神情恍惚的状态下挂掉了电话，鬼使神差地锁上门去街上继续贩卖头花，却忘记关掉一直在冲洗着碗筷的笼头。我到至今仍然不能理解那会是一个怎样的自来水笼头。水有多深我并没有亲见，听幸存者们说，水面已没过了麦穗的顶端。大部分的人都没来得及逃离，便被水牢永远地围困在了自己的居所之中。这一场大水持续了大约有一年半的时间，我难以想象她到底打开了怎样的一个水笼头。不过这已经无关紧要，重要的是所有幸存下来的人无一认为这是命运安排的毁灭，而将所有过错全部怪罪于一个从来没有那么重要过的在街边贩卖头绳头花的女孩。

他们是怎样活下来的，连他们自己都说的驴头不对马嘴。在各执一词的争吵中，我推测出他们应当是被水浪席卷到高处，在机缘巧合之下依附在一处高出水面的植物的顶冠之上，每日以不断跳出水面的箭毒蛙为食，目睹整个地区在不断升高的水面下锈蚀。一些梦想破灭的外乡人也活了下来，每天在用巨大的睡莲叶制成的行船里宰杀从海洋深处惊慌逃窜上来的棕熊。那是一场动静颇大的血斗，毕竟棕熊的臂展可以横跨半个城市的纬度。然而外乡人是有团队合作的，他们牺牲了很多人，却最终在与棕熊大军的战争中赢得了胜利。他们推选出一位来自于南方地区的男人作为他们的首领，用一把柯尔特响尾蛇型左轮手枪在一场场的战役中射杀了整整一亿个对手。然而在和水兽的近距离搏斗中他们首先沾染了大水中携带的瘟疫，如果可以将之称为瘟疫的话。这一场浩浩荡荡的瘟疫蔓延了整个地区，最后连边境线旁的幸存者们也无一幸免。然而他们却并不告诉我是何种的瘟疫，无论我如何变着法子想套出他们的真话都不能凑效。

外乡人的联合部队在大水退去之后正式进入了游击队时代。南方来的首领认为这一场大水带来的不仅仅是毁灭，更是对现状的启示。存活下来的人群是被这片土地选择出来的，而源源不断慕名而来的外乡人和异教徒正是指引下应当被清除的对象。游击队开展了大规模的、有计划的、坚决果断的清扫行动。每天有无数怀揣美好幻想的异地人死在游击队狂热的宗教主义的枪管之下，尽管这里已经什么都没有了。大水带走了一切曾经的生命，甚至连版图内的海洋，都在大水退去后失去了踪影。所有高耸入云的金色麦秆被大水腐烂在浸泡里，与其他物体一起溶解在透明的介质中。这片曾奇妙梦幻的地区，现在犹如行将死亡的老人一样歪歪倒倒。各种各样的信仰和宗教在残存的生还者中兴起，失去希望的人们妄图以最后的精神慰藉对抗末世的降临。

以游击队为首的大清洗教主张杀戮和清扫，他们的神袛是在大水到来的那天便出现在天空中不停旋转的黑洞。边境旁的幸存者们则主张拯救和共存，他们摆脱了旧教会的束缚，在数量有限的本地人中间温和而注意尺度地宣传以失落的大地为信仰对象的重生新教。我问过他们，在我沉睡的这三年之中，边境线以外的区域成为了怎样的一幅模样。幸存者的首领揽过来一只低声咆哮着的云豹，一口咬下了它的半个头颅，含混不清地说："是沙漠，一望无际的沙漠。"

　　游击队对待幸存者们的态度始终都有一些暧昧。双方曾多次发生过冲突，不少虔诚的、具有重生信仰的人们死在了游击队带着狂热意味的清洗之中，也有一些被使命附体的游击队员在骑着庞大的猛犸作战的时候，被三四个饥饿的幸存者们用刀叉在原地分食。这不是一场旷日持久的争端。幸存者们的首领和南方来的男人很快便在边境线上达成了一致：清扫仍将进行，重生教的信徒有权在清扫过后拯救未死去的异端。大清洗教与重生新教的信仰争议暂时搁置，天上的黑洞与静默的大地终将一决雌雄。

　　那是一个罕见的、没有月光照射在边境广阔的、已然荒芜的草原上的夜晚。幸存者的首领推醒了正在沉睡的我，交给我一个口袋，一件宽大的、带着帽子的、苦行修士般的黑色长袍，一柄用来采摘巨大的仙人掌根茎的镰刀。口袋沉甸甸的，我估摸着里面必定装满了整个草原上的虹鳟鱼。首领拍着我的肩膀，眼睛里有深沉的怀念。他叮嘱我往边境线外的那一片沙漠走去，这片地区的末世即将来临。口袋里的虹鳟和饱含汁水的仙人掌也许可以让我在走出沙漠之前维持生命。快走，他说，再快一点。

　　我穿上了宽大而又柔软的、用黑豹的皮革制成的长袍，提着镰刀与口袋，往目不能视的边境线外走去。身后荒芜贫瘠的草原上站满了游击队员和本地的幸存者。天上一直在旋转的螺纹型的黑洞越来越巨大，渐渐地将头顶上一半的空间都悄悄地吞噬。幸存者们跪在依然静默的大地上，做着我至今都无法理解的祷告。不知道走了多久，直至身后传来沛莫能御的声响，我才回过头去，目睹了游击队等待多年的、从天而降的神迹。那一瞬间我仿佛听到了山呼海啸般的游击队员的呐喊，但是很快就被蠕动着的黑洞里传来的毁灭性的前奏压制的几不可闻。还未等我来得及展开片刻的思索，山脉一样的、泛着末日气息的、阴暗的管道，忽明忽暗、冒着火花的、数以亿计的路灯，从一个来自未来的、巨大的、旋转着的生命体里喷吐出来，刹那间便将首当其冲的人群和大地撞成碎片。

　　无可抵挡的冲击波将数十公里以外的我狠狠地撞击出去，在粘稠的化不开的黑暗里不知抛飞了多远的距离。应该是直到在沙漠里看到太阳之前，我一直在这样的气浪里飞行。口袋里的虹鳟吃完了，沙漠里的仙人掌也被我用镰刀逐个收割，但我仍然没有走出这一片沙漠。成群结队的科莫多巨蜥和兀鹫一直在我身后不远处尾随，我抚摸着右腰上那个孔洞一般的伤疤，寻思着自己可能未必能撑过明日的黄昏。

　　我跪在如阿拉伯的劳伦斯口中描绘的具有瑰丽气质的沙漠黄昏的余韵中，第一次像重生教的幸存者们一样，对着漫天黄沙遮掩下的落日做起了祈祷。祈祷还未结束，头顶就被巨大的阴影掠过，一个人形血肉物体从天而降，坠落在距离我不到一千步的沙丘之间。

　　我执起长柄镰刀，用帽子遮住了头脸。我要过去看看，我感觉这是信仰给我的神谕。

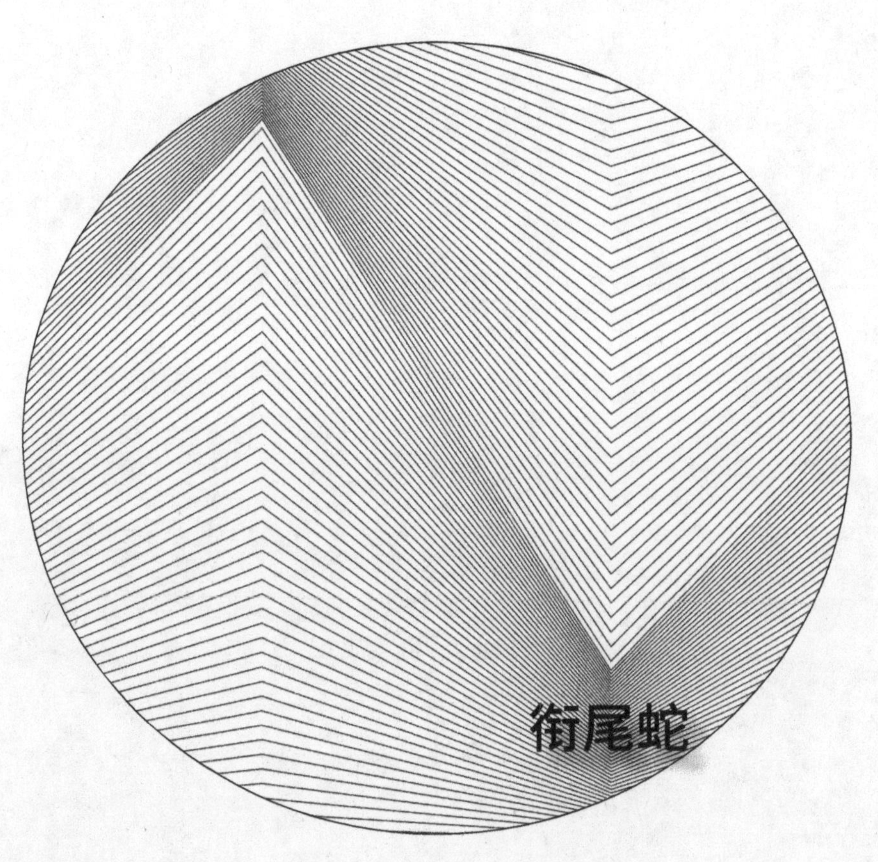
衔尾蛇

第一部分：G 小调的风

曾经也是有风的，如果你和我一样，经历过以前那样的日子。

现在的日子没什么不好，至少我们都还活着，一如漂浮在不知去向何方的洋流上的 π，将自己的丑恶和困惑编织成深蓝色的美妙黑夜而得以存活。久而久之，没有人再谈论你和我曾经经历过的那些日子，在这件事情上，我仍然时而感到哀伤。是的，没有人会在意过去的风，因为他们早已无法分辨风与风的区别。空气里时常传来铁锈和腐烂的气味，流动的气体带来远处的呻吟，萦绕在铜墙铁壁般的城市之内。随之而来的是饥饿、寒冷、和单调乏味的风车的转动。我并不期待热情洋溢的风，也并不奢望趣味盎然的远方，事实上这样的词语根本无法描述曾经那样的风。

当我们走过城市的街头，走过劣迹斑斑的后巷和涂脂抹粉的长廊，我们并不能明白，这样的城市里到底失去了什么。或许在一幢幢泛着年代质感的青灰色砖块建筑从城市的版图上被解剖溶解之后，这个城市的生命也在它们无法被听闻的告别声里寿终正寝。城市孕育出来的人群全部死去，因为宿主已宣告了灭亡。然而人们的生命并没有结束，虽然那样的人群已经随着历史被标本在了纸张和胶卷里。

一个细胞壁破裂，和一间画室的诞生，二者之间的联系可以是能量守恒定律的广义论，也可以是一个钢琴调音师被杀死后的衍生。这看上去和我喜欢坐在窗户边抽烟的习惯没什么关系，是的，但我能从曾经的风里知晓这一切。巷口经常站在路边抽烟的女人并不记得有我这么一个人的存在，所以当她穿着粉红色的高跟鞋，在巷口胡乱生长青苔的石板上来回踱步的时候，曾经的风会从她的鞋弓下掠过，将她心里的落寞和随着黑夜而来持续膨胀的情欲不折不扣地吹进我的毛孔。我逆着风向行走，在巷口看见她抽完了最后一口烟，用粉红色的高跟鞋踩死了烟蒂。我抱住她，吻她鲜红的唇，她浅棕色的长发在我手里卷曲。快，快来，她低声嘶吼。我在刚刚暗下来的巷口，脱下了她粉色短裙下的底裤，将我兴奋的生殖器刺入她的身体。还不够深，我仍然停留在她的表面。这女人有着无法探测的内核，微微张开的嘴唇和迎风而立的乳头，都只不过是她的伪装。我还要进入地再深一些，再深一些，然而无论我如何钻探，都感觉只不过是在和一个虚影缠绵。女人穿着高跟鞋的脚在我大腿内侧摩擦，我在无可阻挡的势头下射进了她的身体，然而，巷口没有路灯，天完全黑了，我看不见她。

所以，人们死了，并不是空穴来风。我有在听新闻。一个用一袋奶糖换回一个妻子的丈夫，在女儿三岁的那年，发现在任何超市或商场里，都再也买不到自己当初换来爱情的那一种奶糖。他找了很久，在被告知全国甚至连世界上最贫穷的角落的孩子都不再吃那种奶糖的时候，他真正地绝望了。他杀死了妻子和女儿，将自己吊死在两人尸体上方的房梁下。邮递员揣着他死前寄给自己的那封信来到他家门前的时候，开门迎接的却是穿着黑色制服的刑警。这封信作为证据使得警察局将此案件以凶手杀妻杀女及自杀结案，不过信件的内容却出人意料的简短并理性。

"我再也无力支撑下去，我知道她们也不行。"

没有了曾经的风，我是事后才知道巷口女人的死。出乎意料的是，她并不是死在某把手术刀或者电锯之下，尽管我一直幻想着在某一天，会有一个极端而又强势的爱人，不满足于女人所表现出来的虚幻和浅显，病态地用各种现成的器具将她隐藏在身体深处的真实挖掘出来。

可并没有。

女人死在了一场交通事故之中。一辆鬼使神差的吉普车在夜晚无人的街头撞倒了横穿马路的女人，从她的身上碾过，使她的乳房和下体全部碎裂。我在风中嗅了好一阵子，才隐约闻到了一些肾上腺素和晚来的月经的味道。女人顺着气味漂浮到我窗前，我从香烟的烟雾里看到她，她闷闷不乐，对我说，差一点就踩到那只没熄灭的烟头，就差一点。

我说不出心里的感受，只是坐在窗前不停地抽着特醇三五。一直在心里说，如果是曾经的风，我应该可以嗅到流动的空气里传来的危险，从而提早站在街边的路灯下将女人从马路中间拉回来的吧。我不知道。也许可以更早一点发现异常，将女人拉进我的房间来，和我一起坐在窗户边上，一连抽几天的三五香烟。我没有结论。于是我开始怀念过去的风。

那时候的风，可不是现在这样，直挺挺地扑过来，擦过墙角，再一声不吭地离开。那是一首和声小调的风，有数不清的生命体的屑质混杂着矿物质的颗粒和水纹的蒸汽，从莫名熟悉的远方呈抛物线状翻滚而来。风的重量会提前一步到达我的双肩，在我肩头跳跃，让我对即将到来的风心生期盼。但并不是每一次都可以如约到来，因为鸽群常常会在半路上以其为食，在不断旋转的游戏里吞下路途遥远的位移。风一旦不能到来，提前赴约的重量会变成黑色的硬块，重重地砸进地表里，留下永远无法磨灭的痕迹。为此，我们之中的一部分人，成为了猎杀鸽群、保卫流风的守望者。

每当有风来临前，我们中的一部分人，会在地面上，利用各种植物和农作物，画出永动迷宫的图案。麦地总是成为最先会被使用的区域。金黄色的麦穗被我们一一弯折，成吨的秸秆和树枝当做填充物勾勒出迷宫的线条。这个办法在一开始十分有效，不计其数的鸽子在迷宫中流离失所，最后全部惨死在无法逃离的图案之中。不过在鸽群死伤惨重之后，竟然奇迹般地出现了视觉抗性及警觉，不再沉迷于投入金黄色的幻像之中，而是化成一股巨大的阴影，义无反顾地拦截远方吹来的气流。有些风相当沉着，尽管仍然无法摆脱循着抛物线的轨迹向前移动，不过却聪明地利用凸起的地形或者茂密的丛林来改变自己的行动路线，使得鸽群在空中盘绕数圈之后依然把握不住规律，不得不整体落回地面重新商议对策。

总会有风成功抵达，让我们双肩上跳跃的重量返回自身，落下生物体的皮屑、矿物质的颗粒，以及水纹里的蒸汽。以五十赫兹波动的光在抛物线的尾部嚎叫，终被迎头赶上的气流触感淹没。鸽子们停在城市里的路灯上虎视眈眈，守望者们高唱着翻滚的热浪，在量子物理的世界中生长。我曾经抚摸着自己的双肩，愿在这城市里一辈子守护着这样的风，不过可笑的是，城市就这么死去了，我们和鸽子都没有能够完成自己的使命。

现在偶尔，我还是会想起那个巷口的女人。

第二部分：影子

　　醒来前，介于无意识和模糊意识、潜意识中间地带的、神秘而又富有浪漫气息的、无可琢磨的臆想，确实能使无论在何时醒来的我，都觉得可以在撑开眼睑之前掀起一座山脉。于是我醒来，穿上鞋袜，不知疲倦地在地上寻找自己的影子。然而从无所踪。奶奶在很久以前告诉我，我们没有影子，是因为影子有了自己的生活。

　　我可以想象在若干年前，影子们如同幡然醒悟的囚犯，激动却不失斯文地抽离出自己的双脚，站在阳光与凸起之间形成的夹角里，在洒满光谱和重力的平面内欢呼雀跃，庆祝自由生活的最终到来。我理性地将这场狂欢在脑袋瓜里按照三天的时长进行铺展，直至最后，影子们收拾起二维象限里的所有丢弃物和散落的斑点，从我们的视线里永远的离开。可能去了猎户座星云吧，我想，不过也有可能在奶奶脸上浩瀚的皱纹里，谁知道呢。

　　所以并没有人意识到，每当我醒来之后的第一件事，便是在地上寻找自己的影子。没有人会再这样去找自己的影子，除了我以外。我甚至连影子都没有见过，从我出生起便没有了影子们的任何消息，然而我却像寻找破碎的灵魂一般不停重复着寻找注定无法获得的虚影。我没有告诉过任何人我的梦境，事实上我在每次醒来之后便将梦中所有忘的干干净净，唯一可以确定的是，每次入睡之后，我都会进入梦境，并且是从里到外、到每一根头发梢都一模一样的梦境。如果是连梦都没有的睡眠，那想必会是比独自漂流在威尼斯河上的弓独拉都还要荒凉的旅行吧。

　　父亲曾经说过，我是他的影子。我也曾一度相信，我就是父亲的影子，尽管人们总是说，影子们已经不会回来了，但我却依然坚持，血脉也可以是无形的碎影。父亲的书房里总是有一个客人，我看不分明，每当他来的时候，我总觉得他并不是独自前来。莫可名状的沉重感在他灰色毛呢外套的袖口里，在他右手提着的黑色公文箱里，在他总是稳稳踩踏在书房地板上的系带小牛皮鞋里。我想，他的西装口袋里可能藏着森林，他的黑色公文箱里也许装着不知来自于何处的山脉吧。他来过很多次，像是独立于这个世界之外、独自行走在黑暗沼泽中的泰坦，尽管他的身材并不高大。

我居然并不记得他的相貌，虽然他衣角上的污渍、皮鞋上的褶皱、裤管上的折痕、袖口处的线头，无一不在我的记忆中准确无误，然而我确实并不知道他的相貌。但是如果下一次来的人，穿着和他同样的着装，提着同样的公文箱，系着相同的斑纹鞋带，我依然可以辨认出是他或者不是。毕竟，可以在西装口袋里藏着整片森林的人在父亲的书房里也绝无仅有。他的身上有沼泽的声响，有松蜡的气味，有不同于这个世界的奇妙感觉。每当我从自己房间的窗户里凝视著书房里的他，便会有一种无法支撑的沉重感。我的房间几乎不能容纳我的重量，在难以言喻的现象里缓缓下沉。

父亲总是起身去倒两杯酒，一杯单一麦芽威士忌，给自己喝的；一杯朗姆酒，或许是意大利柠檬利口酒，为客人准备的，我不太记得了。他们总是静默地坐在书房里的白楠木扶手椅上，直到各自将面前的一杯酒喝完。父亲说下次吧，又或许是别再来了，我听不清。客人说好的，又或许是还要来的，我不太确定。我的房间已经快要完全陷进地面之中，窗棂外面除了化成熔岩的碎石和泥土，还翻滚着怎样也无法熄灭的火焰。突然间巨大的重力消失了，整个房间连同我像被挤出地表的射石，被远远地送入了宇宙风和离子射线的怀抱。父亲推开了房门，走到我身边，指着窗外无限庞大而又色彩斑斓的星体，小声地告诉我，"喏，这就是猎户座星云了。"

沉重的客人最后一次离开父亲的书房，是我最后一次见到猎户座星云。父亲并没有像惯常那样推开我的房门，走到我身边，拍一拍我紧张的肩膀，用手指给我看猎户座星云的位置。没有，那也是我最后一次见到父亲。他的尸体从黑暗森林的沼泽地里被打捞上来，化成了谁也触摸不到的湿气，很快就在不见天日的环境里分解成了这诡谲气氛里的一部分。于是我从自己的房间的窗户里看过去，再也没能在书房里见到他。有一天我终于鼓起勇气推开书房的门，发现架子上的那瓶没有喝完的单一麦芽威士忌也不翼而飞，于是恍然大悟，原来父亲带着那瓶酒走了。是啊，他去猎户座星云了，我对奶奶说。奶奶哦了一声，"他是怎么去的"，她问。

房子的后面有一片水池，每到秋天的时候，水面上会浮满枫树和银杏的叶子。潜藏在泥土里的鱼儿会游上水面，将满池的叶片囫囵吞枣般地吞下肚去。父亲肯定是拿着那一瓶酒，站在水池边静静地等待鱼儿吃完了叶片，才把手里的威士忌全部倒进了池子里，在一个深秋的傍晚。然后他跳进了水池，像投入一杯倒满的威士忌般投入了那个水池，池子里的水因为他的进入而形成了漩涡，泛着金黄色的旋风将父亲卷起，远远地送到了空气所不能到达的地方，那个他一次次用手指帮我确定位置的地方。想必他在腾空的瞬间，一定深深地看了一眼正在卧室里沉沉睡去的我。我应该听见他的呼唤，和他一起升起，去那个他一次次地告诉我位置和名字的地方，然而我并没有醒来，我还在沉睡。

父亲走了，可他的影子还在这里。是啊，我是他的影子，至少他是这么对我说的。为什么所有人的影子都离开了，去了那个父亲去到的猎户座星云，而我却魔怔似地沉迷于入睡，沉迷于将醒未醒，沉迷于在每一次睁开双眼的前夕，将附着在我身上的、山脉似的重量，像揭去一张贴纸般远远地抛入时间与速度的缝隙中去。醒来之后，我总是绝望地寻找着自己的影子。我没有影子，我的影子在猎户座星云，我的父亲也在那里。我要怎样去到猎户座星云，是啊，我要找到那个在另一个世界里孤独行走的来客。

我告别了奶奶，奶奶"哦"了一声，说巷口的路灯亮了，回来的时候要循着路灯的光。我翻越了视线里所有的山川河域，行走在地图上所有可以显示的荒漠与戈壁。在寻找他的过程中我逐渐生长，不知不觉地来到了我父亲的年龄。头顶上的白发是无法入睡的黑夜夺走了发须上的光泽，眼角的皱纹是总也看不穿的虚无遮盖了真实的映射。我不知自己身在何处，行囊里有阿拉伯人的头巾和凯尔特人的风笛，手腕上有来自亚马逊流域的伤痕和阿拉斯加的冻疮。我不知道自己在这人间世行走了多久，我只知道我一直未能寻找到那个黑暗沼泽的入口。沉重的来客正坐在沼泽的深处，抚摸着体长数百米的森蚺的头颅，咀嚼着硕大的食人花的根茎。

在我将尽未尽的一生的末尾，寻找到他的希望已经微乎其微。常年的奔波与风餐露宿使得我的身体机能几近衰竭，我再也无法吞咽大块的肉类，不能进食蛋白质与淀粉，一小勺蜂蜜或者枫糖便能轻易夺去我的生命。再也走不动了，我坐在沙丘下的阴凉地里昏昏睡去。终于，我又进入了自己的梦境，原来梦境里便是我唯一缺席的会面，父亲和来客坐在书房宽大的白楠木扶手椅中，喝完了杯中的威士忌和朗姆酒。山脉一般的重力再次将我压往地面的下方，我奋起双臂，将横亘在空气中的山脉掀起，飞到了电磁脉冲都无法企及的深处。我冲破了房间的束缚，击溃书房的禁制，一步跨到不动声色的来客的面前，用手掐住他的咽喉，将他高高地举离了地面。

书房里的书架上是父亲收藏的纸质文本，在引力突变的情况下全部挣脱了书柜，书页在半空中打开，像展开双翅的候鸟，围绕着事件的核心旋转不止。正当我要发力捏碎来客的咽喉的时候，父亲从后面拍了拍我的肩膀，小声地说，"孩子，别着急，你先看看他的面容。"我这才意识到自始至终我都未能记住来客的容貌，确实今天应该在他死前好好看看他的面容。我抬起头去看他的脸，正好他也垂下眼来打量我的双眸。

本以为不会再醒来的我在扑面而来的沙粒中睁开了双眼，不知从哪里获得的力量使我能够再一次支撑起自己的身体。我寻找着奶奶留在巷口的路灯，犹如在极北的夜空里寻找永远飞驰的流星。我又花了将近一生的时间，回到了奶奶常常坐在那里的巷口，巷口的路灯亮着，破败的墙倒塌了，墙垣露了出来，我坐在上面，等待着影子们的回归。在影子们还没有回来的时候，我往巷口的另一边望去，看到了一个逆着风行走的男人，一个踩着粉红色高跟鞋的女人，一个拿着瓶威士忌和一袋大麻的男人，一个拎着公文箱穿着小牛皮鞋的来客。

　　记住了梦境的我，再也不会彷徨。我站起来，路过屋后早已干涸的水池，走进数十年前的父亲的书房，书房里一尘不染，象是从来没有变过一样。父亲坐在我对面的扶手椅中，面前放着一杯单一麦芽威士忌，他起身给我倒了一杯朗姆酒，我放下手中的公文箱，将杯里的酒喝完，看见书房斜对面的窗户里，有一双暗暗观察的眼睛。

第三部分：不安

从没有能够摆脱那片土地对我的影响，我对无可阻挡的命运总是束手就擒。

常常妄想将自己捆绑在枕木铺就的、蜿蜒在碎石沙土地里的通勤火车的铁轨上，等待着在气浪造成的水波纹一样的视觉远方里，悠然而来一列疲倦不堪的火力电车。其实生活在那样的荒凉、寂静、与世隔绝的戈壁黄土环绕的地区里的人，无一没有过这样的幻想。谁也没有勇气终此一生去面对那无可阻拦的、遮天蔽日的黄沙，纵然从沙瀑中总是能看见面无表情的祖先的身影。鲜少有异乡和外族人进入到这一片区域，因此头顶上的星空总还是圣洁而纯净的。

嫁出去的女子从没有回来过，仿佛被那一列从我们躯体上碾压过去的火车统统运往了外界不知深浅的洞穴。不过，真的有可以嫁出去的女子吗，我并不清楚，自从意识中诞生了自我毁灭的念头，便再也没有能力和区域内的同类们进行交流。声波每每从我耳廓边划过，却找不到隐藏在耳膜深处的共振；镌刻在纸张上的文字与符号瓦解了结构的禁锢，在无意义的空白里岿然不动。水从站立在戈壁滩上的双脚下喷涌出来，却未能溅湿我的衣物；蝴蝶兰盛开在老人与孩子们的头顶，而他们对此却一无所知。

所以当我下定决心要挖开脚下的沙石，寻找逃避那无可逃避的列车的庇护所的时候，所有人都离我而去。

"离他远一点吧"，他们说，"没看到他已经失去勇气了吗。"最年长的老者扔给我一把铁锹，对其他人说，"我们走吧，去等待那一列火车，快点，就要来了。"

我并不知道他们在说什么，也不想告诉他们，昨天夜里我曾目睹一枚星球没入了这片土地。那甚至是比我们所身处的这片区域都要大得多的星球，说它大到可以吞噬了这片星空也毫不过分。我倒是对没有人发现这颗星体的降临而感到奇怪，毕竟当它整个没入我脚下的这块土地之前，攀爬在其上的一只狐猴还发出了凄厉而悠长的叫喊。我没有把握在耗尽生命之前可以到达它的位置，谁又能知道自己的生命将在何时耗尽。

沙暴里走出来一个老人，我不认识他。他没有表情，走过来摸了摸我的头，又回到沙暴里去。那辆火车快来了吧，长者们全部躺在了枕木上了吧，失去勇气的我无法理解他们放弃了选择的勇气，就这样等着冲破沙暴而来的恶行将他们全部切割成碎末，飘散在永远无法退却的沙与风的窠臼之中。

没有声音了。

火车来没来。长者们没有呻吟。我第一次停下手中的动作，老人从沙暴里又走来，对我说，值得吗。我不理他，实际上我并不能听懂他在说什么，他的语言是风的预言，是黄沙的低吟，而我却是一个连低等的声带共振都接收不到的失去解构能力的人。我用铁锹扫过老人的身体，铁锹带上了一层身体上卸下的沙土。沙土落在我挖出的坑道的深处，不断地往低处延伸，须臾间我听到地心深处有恐怖的、巨大的、未知的声音传了上来，引动了我久未震动的耳膜的边缘，并将我手中的铁锹震成齑粉。

老人不在了，回到了那一层沙暴里去。是啊，他何曾存在过。我拂去脸上的沙尘，往坑道的中心走去。说那是一个绮丽而无法理解的通道想来并不为过。通道两侧浮现出一幅幅纠缠交织在一起的难以言喻的线条和色彩构成的图画，并不持久，只是在眼前稍稍停留便重新化成沙土。在下一秒，浩瀚深沉的丛林自坑道的深处生长出来，没过我的裤管、小腿、直到大腿根部才停止了势头。

大如蓝鲸的候鸟在我腿下的密林中飞翔，我从未见过如此巨型的生物，然而它们却连我的肩头都无法企及。踩碎了这一片丛林，眼前下起了暴雨。坑洞在用自己的方式理解这片土地，尽管我一生之中从未在这片土地上见过如此厚重的雨幕。雨太大了，很快在坑洞深处便形成了河流，卷起我硕大而又渺小的身躯，流向不知何处的尽头。我兴许在流域形成的过程中一直在这条河上漂流，也许在下一秒便被急浪抛到了岸上，谁知道呢，坑洞并不买账时间。

我在岸上的树林里看到了年老力衰的自己，正在和一只同样濒临死亡的狼獾搏斗。婴儿时期的我从河的另一边漂来，尚未来的及与我会面，便被河里忽然跃出的巨骨舌鱼吞入腹中。我愿穷尽一生在这样奇妙而绚烂的通道中流浪，然而往往总是事与愿违。河流不再生长，在郁结处诞生了沼泽与泥潭。参天而立的食人花拔地而起，迎风生长的巨大森蚺集结在此行的终结之地。

一朵无边无际的郁金香在眼前不停地生长，我知道终其一生都无法覆盖住我的小指甲盖。大与小，生与死，先与后，上与下，在这片地下世界里已经不分彼此。在很长的一段时间里，我心安理得地在这片无人知晓的地下空间里独自生活，饮湖中的流水，吃岸上的生灵。并没有星球坠落，我和自己说，那只是一个奇妙的启示。

"谑谑，谑谑谑"，岸边的蔷薇齐刷刷地发出不明含义的诮笑。那只狐猴的喊叫，也许只是一个美妙的错误吧。"是的，是的！"河里的凯门鳄朝我意味深长地点头。我在这片流域高枕无忧，每天都有河里的鱼群跃出水面，将水里的故事编织成美妙的弧度向我倾诉；岸上的野狼与黑熊常常与我围坐在火堆前，用珍藏的蜂蜜果酒招待我，与我漫谈这一片沼泽里黑暗的过往。

我在不分白日黑夜的时光里沿着这一片流域探索，攀爬上雨林中每一株香桃木和月桂，在金合欢及橡胶树之间蹦跳，俯视着身下完全不能理解的河流。最后还是回到源头，回到起点，回到终归缓慢郁结的沼泽地。没有威胁的生活，无可挑剔的环境，再也没有注定碾压而来的火车，而我却在这样无可忧虑的状态下莫名地开始忧虑。

这样的情绪在这里出现竟然是出奇地有害的，仿佛在这天然生灭、一尘不染的净土中本不该有任何焦虑和疑惑情绪的存在。不容于环境设定的激素分泌导致我身体上出现了难以消退的粘稠物和日益隆起的轮廓。我尝试用河里的净水清洗，却没有任何的帮助，反而使得体表的皮肤愈加溃烂。黑熊与野狼不再来与我饮酒，水中的巨骨舌鱼也不再跃起示好。岸边的月季花小声对我说，因为我，蜜蜂也不来了，怕沾染上我身上的粘液。我将那支月季折断，捻碎了它的头颅和生殖器，涂抹在身上的患处，花儿们自此之后也不再与我交谈。

我在一天比一天虚弱的日子里活了下来，身上隆起的另一个轮廓却日渐壮大。我终于不能进食，平躺在河岸边的泥土里，呼吸、心跳、神志都已经快无法支撑身体机能的运行。我知道了那个粘稠的蚕茧一样的巨大的轮廓里是什么，然而却无力阻止这一切的发生。他是要分裂了吗，雨林边缘的蘑菇丛里一片低声的窃窃私语。是啊是啊，盘旋在我头顶的灰隼回答着蘑菇们的提问。当那个黏腻无比的轮廓从我身上完整脱离下来的时候，我几乎已经失去了生命的征兆，而它却在意识模糊的我的注视中直立起来，撕去身上那一层挂着粘液的外皮，跳进了缓缓流动的河域里，游到了连我都无法找到它的支流去了。

黑熊与野狼从雨林中出来，赶走了正准备啄食我眼球的灰隼，连根拔起了已经成熟的蘑菇，将它们全部喂入我的口中。分裂了忧虑情绪的我很快便痊愈了，然而一直没能见到那个从我身上分裂出去的忧虑的自己，我能感觉出自己身上少了一个很重要的部分，却无法表达出失去的是什么。是啊，失去的是什么呢，不过那又有什么重要。

我终归是要在这里死去，我想。事实上我确实在这里的一颗月桂树下结束了短暂而又漫长的生命。黑熊与野狼为我举行了简单的葬礼，巨骨舌鱼与凯门鳄在水里激荡起漩涡，多嘴多舌的蔷薇与月季喷射出花蕊，成群结队的灰隼与猎鹰用翅膀奏响了赞歌。我平静而心满意足地死去，被埋在了河流和雨林的交汇处，一片浩瀚而又神秘的沼泽地旁。数月后，沼泽地里开出了硕大的、结着数不清的果实的食人花，数万条森蚺从泥潭里崛起，将统治着这片丛林的黑熊与野狼驱逐出腹地。

食人花在森蚺的扶持下开进了蔷薇丛和蘑菇地，强行将自己的花粉散播在蔷薇和月季的花蕊中央，使自己的基因和血脉得以在这片庞然无际的花海中无限延伸。我死后的地下世界发生了天翻地覆的变化，河流里充斥着血腥气和蛇皮的味道，森蚺们和巨骨舌鱼以及凯门鳄的争斗蔓延了整个流域，食人花的大军已经将月桂和金合欢打得节节败退。而这一切，与我有什么关系呢，如果不是一个拎着公文包、穿着西服套装、看上去无比沉重的我从地上归来的话。

分裂出去的我终于在若干年后回到了自己的出生地——地下的庞大流域之中。他在很短的时间里撕裂了食人花大军的阵营，带领着橡胶树和香桃木击溃了丛林里的枭雄；正当巨骨舌鱼与凯门鳄抵挡不住森蚺攻势的时候，他又潜入水底，召唤出常年潜伏在水下深处的清道夫和食人鱼，联合已重整旗鼓的巨骨舌鱼和凯门鳄的军团，将贸然前进的森蚺部队尽数吞食。战争在延续了数年之后以森蚺和食人花的痛苦呻吟作为终局，忧虑的我重新站在了地下世界的顶端，每日以食人花为食，将体长数公里的森蚺掌控于鼓掌之间。

然而，我从来没有找到过那个没入地面之下的星球，它去了哪里呢，还是成为了另外一种存在，我不知道，我曾经以为可以在被人丢弃的烟头里找到它，可惜我却并没有能够活过那个夜晚。

小镇与山顶

一、小镇

与大脑门先生相识，是在我来到这个镇子之后的事情了。

那之前，我是一个默默无闻的、靠临摹名家的油画为生的年轻画手。大多数油画的买家根本分不清油彩和碳条之间的区别，他们常常将安德烈·布勒东当做朱尔斯·布勒东，将塞尚和高更混为一谈，即使是将马蒂斯的真迹放在他们眼前，也常常惹得他们嗤之以鼻，用下流的食指指着散发着油墨和悲怆气味的画作，脸上挂着轻蔑的表情问我这是出自哪一位品味低下的年轻人的画笔。

我常年混迹在他们之中，了解他们每一个人的习惯、品行、癖好，甚至是他们的妻子或者情人的绯闻。比如某某先生在家里养了一只阿根廷杜高猎犬，却从不让它去野外感受大自然的魅力以及野性的呼唤，只是将它拴在自家院子里的喷水池旁，每天喂它大块儿的新鲜猪肉和咸奶酪，导致杜高犬的身材日渐膨胀最终成为了一只只能懒懒地趴伏在院子里的见到任何人都没有兴致叫喊的生物。某某先生和自己的太太每天在日落之后会用冰箱里剩下的冰块一粒一粒地砸它的脑袋，直到它发出类似婴儿般的无辜而又沮丧的"嘤嘤"声时，夫妻二人才心满意足地回到房间里进行晚间的阅读和消遣。

我知道他们太多生活中的琐事和秘密，人与人之间委实没有任何秘密可言。我的雇主也是他们中的一员，平日里大家在饭桌上的私下交流，他都会原原本本一五一十地当作闲暇时的谈资说给我听，而他在无意中泄露给我的关于他的妻子热衷于用锋利的打印纸边缘割伤自己手指以及他的儿子爱上了一个大他二十岁的中年妇女这样的琐事，也会经由我的口中传递到那个关系混杂、信息堆叠的人群中去。

大家都知道那么一两件别人生活中的难堪和隐私，久而久之，我的雇主，即让我模仿了大批意大利和卢森堡已故画家的作品的男人，在一次过量饮酒的冷餐会上，说漏了嘴，把我和他的秘密透露给了一个相交了十几年的伙伴。那名伙伴十分受宠若惊地接受了这份不被怀疑的忠诚，并拍着胸脯保证绝不会让第二个人知道。

然而在大概一个礼拜之后，那个耗费了我所有积蓄、好不容易筹建起来的画廊，再也卖不出去哪怕一副临摹的作品。以某某先生为首的买家们组成了一个讨要说法的团体，每天到我的店里要求退还所有的画款。我向雇主求救，得来的却是矢口拒绝的答案，并和我划清了界限，至今我都没能见到他那两撇小胡子再次向我发出假惺惺的微笑，并把塞满烟草的烟斗插进胡子下面的缝隙里去。

我只得以卖装饰画的价格卖掉了我店里所有的作品，包括两幅弗里达的真迹和一副基里科的收藏品。我转让了店铺，退还了为首的某某先生以及一两位主要带头闹事人的所有画款，团伙解散了，剩下的人失去了首领，在短时间内没有再兴风作浪。我知道已经不能再在这里居住下去，便离开了那个地方，来到了这里，一个距离海边大约半天车程的山下的小镇。

大脑门先生那天下午正在镇子上唯一的一家在白天开门的、只出售麦芽啤酒和热牛奶的酒馆里喝酒。镇子里所有的商店都集中在这条从山脚下延伸到不知另一边为何物的街道上。有榨橄榄油和花生油的作坊、做童装和抱枕的布料店、用山上的杉木制作家具的手工店、兜售各类野生药材和食物的门市部、还有一些女性服装店和生活用品店。

不过我发现大部分甚至可以说所有的店面都散发着一种长期浸泡在福尔马林里的味道，所有的店面门头都是看不清招牌的灰色，所有的门窗都是遗留在社会进程之外的、被孤立的材质打磨而成的，如果不是亲眼所见，我很难想象在距离我之前居住的那个城市只有不到十个小时火车路程的这里，还可以如此生动地保留着一种让生活在十个小时铁路运程之外的人们感觉到仿佛又重新回到了古武纪或者白垩纪的年代的神秘质感。

我承认镇子上的事物在古武纪是不会存在的，但那种身临其境的微妙触感让我觉得随便哪一个商店里也许都会在毫无准备的下一秒后飞出来一只白垩纪的古魔翼龙也说不定。没有哪一个店面让我觉得可以高枕无忧，我竟然有一种独自行走在被捕猎者环伺的饵食输送小道上的惊悚体验。我不知该如何是好，只得鼓起勇气走进那家敞开着大门的小酒馆里，心中希望也许几杯啤酒可以安抚我悸动的情绪。我并不认识大脑门先生，但是我进门之后第一眼便看到了他，因为他实在是太引人注意了。

我从没见过一个人可以用那样的速度往自己的肚子里填塞进三人份的炭烤猪肉三明治和一品脱的麦芽拉格啤酒。他几乎不是在用嘴摄入这些食物，而是直接将自己的食道和胃带扩张成面盆大小的通道，将自己可以摄入的一切随手扔进其中。店里零零散散地坐着几个人，很显然其他几位已经习惯了大脑门先生的行为，只是自顾自地喝着自己手里的牛奶和啤酒。

我坐在吧台前，点了一份猪肉三明治和一杯黑色的麦芽拉格，老板冷冷地看着我，用连苍蝇都听不到的声音告诉我，猪肉三明治只供应给大脑门先生，别的人休想，不过啤酒倒是有，但是要先付钱。我很佩服自己理解了他的意思，可能我在这里并不需要声音的帮助，只是通过他们嘴唇的颤动和眼神里的恶意便可以与这个被埋没在兴盛的世界身后阴影里的镇子上的居民毫无距离的沟通，是的，也许正是如此。

我付了啤酒钱，换回了一个大约 500 毫升容量的、黑色的、泛着细腻泡沫的、散发着啤酒花和麦芽香气的液体，比买弗里达的画要值，我这样想。而没有任何事情可以打断大脑门先生的进食，他在吞食了大约十五人份的猪肉三明治和五品脱的啤酒之后，拿起吧台上碟子里的餐巾纸擦了一下嘴唇，示意让老板再去拿十五杯牛奶和十五人份的香肠鸡蛋套餐来，香肠鸡蛋套餐也是只供应给他的，我这么琢磨。那怀有惊人食欲和消化系统的男人不经意间看到了坐在吧台另一边的我，像看到墙上的一块污渍那样撇了撇嘴，转过头对着没有人的吧台后面的酒柜说，声音很大，我甚至怀疑他的嘴里是不是装了扩音器或类似的器具：我打赌这种货色在这里待不了一年，可能半年都不行。

店里其他的客人都吃吃地笑起来，用眼睛打量着我，仿佛大脑门先生已经对我下了审判似的报以同情和讥讽的余光。我起初并不认为他那句话是对我说的，作为一个初来乍到的外乡人第一天坐在镇子上唯一的一家像样的酒馆里喝酒，无论如何都不应该会被从无瓜葛的一个陌生人嘴里说出这样的一句话来。可他们都觉得，大脑门先生刚才那句话是对我说的。我很好奇，同时也很愤怒，失败窝囊的情绪在十个小时的路途中还没有消化殆尽，在此时又成为了众目睽睽下被众人调侃后自发燃烧的仇恨。

我感觉自己变成了白垩纪时期的猛兽，在这个充满了啤酒花和福尔马林气味交织的洞穴里，即将上演我完成转化之后的第一次猎杀。我在空气里嗅到了残忍、空虚、鄙夷的情绪，我不确定这是从何而来的气味，肾上腺素激发了睾丸素的生成，掩盖了一些微不足道的信息，但是那信息是重要的，只是我还并没有意识到它的重要性。不过我不准备再坐以待毙了，我站起来，走向大脑门先生，另外几个客人的裤裆里明显有浓烈的性激素溢了出来，我走到他身旁，他开始吃他的第一份香肠鸡蛋，没有空搭理我，刚刚从厨房里出来的老板却用一根猎枪指着我的头，叫我回到自己的位子上去，喝完那杯啤酒再走，别浪费了。

我默不作声地臣服在猎枪冰冷的枪管之下，回到自己的座位上喝干了啤酒。其他的客人又开始发出夜枭般的嘲笑，笑声里有幸灾乐祸和如释重负的情感，我想他们裤裆里鼓胀的睾丸现在应该软瘪下去了吧，而我的依然坚硬。我想它可能会越来越坚挺，越来越肿胀，如果给它充足的时间，也许它能撕裂裤装的包裹，将我面前的吧台整个掀翻过去，砸在阴阳怪气的老板头上，迫使他握着猎枪的右手一次次地在痛苦和慌乱中抠动扳机，将酒馆里所有针对我、嘲笑我、鄙视我、喝着牛奶和啤酒的败类们全部击毙。

那个对我出言不逊的大脑门男人，理应是最后一个被猎枪轰掉半个脑袋的人选。他会承接所有莫名其妙被击毙的客人尚未来得及表现出来的恐惧和错愕，并在最后的排序里将这种复杂而又深层次的体验以重重叠加的惊人效果展现出来，当他意识到身后所有客人的脑袋都分了家的时候正在吃第五份香肠鸡蛋，这难以言喻的、突如其来的危机感和求生欲扭曲了他的肠胃，使得他在刚咬下去的第一口便开始呕吐，直到呕吐物堆满了身前的吧台，也难为被吧台整个压在底下的老板连开了五枪才击穿了障碍，将猎枪里的散弹混合着还没消化的猪肉和蛋液一股脑儿地送进大脑门先生的面部和五官。

我在酒馆对面的旅店安顿了下来，要了一间二楼临街的房间，窗户望出去就可以看到对面酒馆的招牌和大门。天色渐渐暗了下来，我拆开旅店房间里免费提供的袋泡茶，坐在窗户边上看十几只斑鸠从熟食店的房顶跳到酒馆的招牌上，如此反复，它们间或会彼此交头接耳一番，可能在确定下一次转移时的先后顺序。房顶与房顶之间没有宽阔的沟壑，所以斑鸠们并没有从一处房顶跳到另一处房顶的兴趣，然而在房顶和招牌之间的跳跃是有难度的，因为招牌上沿的宽度毕竟只有区区一指。偶尔有那么一只在下脚时没有站稳，便会从招牌的上方掉下去，中途张开翅膀扑棱几下，轻轻落地后小跳着转到门后的水管下方，再沿着水管的脉络重新飞上屋顶。

我就这样坐在窗边看着它们进行着每日玩耍的游戏，如果不是一只无家可归的野猫攀上房檐试图在斑鸠们放松警惕的时候对它们发动偷袭使得斑鸠们全部飞走，也许我会一直坐着看它们不断重复这样的过程直到窗外什么也看不见为止。

　　大脑门先生终于在天黑之前从酒馆的大门里走了出来。我有限的视力立刻被他吸引，连盘旋在屋顶上方的斑鸠们都没有注意。从我的窗户里远远看过去，他就是一个穿着黑色风衣、毫无特点的男人。然而就是这样一个生活在这地处偏远、沉闷乏味到连自身的腐烂都已经沉睡的荒凉小镇里的男人，却在几个小时前当着众人的面用几个词语深深地伤害了我。

　　奇怪的是，在看到他的时候，我并不记恨用猎枪指着我脑袋的酒馆老板，也不记恨其他酒客鄙夷和戏谑的嘲笑，唯独对他的恨意萦绕在心里始终不能化解。我不知道是不是在心底已经认定他是整个事件的始作俑者，还是让我最想不到的这么一个人居然对我做出了那样的评价。也许最让我不能接受的是这么一个看上去毫无风度和做派可言的饥饿的进食者，居然在简单的一句话里让我感受到一个上位者对一个底层的蔑视。这确实是不可接受的，也是我恨他的根本，我很清楚自己有强烈的对他饱以老拳的冲动，急切地想看到他在我的拳头下皮开肉绽，让他在我如雨点一般密集的拳点下认识到自己的无知、肤浅、肮脏。于是我以最快的速度离开房间，在那条并不适合跟踪别人的街道上跟踪他。

　　不过他并没有在意到我的尾随，很快便拐进了右手边一个短浅的巷子里，我跟着他从巷子里上了楼，门并没有锁，我推开房门，就看见他直直地坐在雕花木窗旁边，一动不动地注视着窗外。我加快脚步，同时也不忘捋起了袖子，我要趁他还没有反应过来的时候就将拳头砸在他的脸上，在他眼花缭乱的当口再在他的胃部狠狠地捶上几拳，或许会让他一时间胃部痉挛把之前吃过的所有食物都吐在我的脸上，可我已经顾不上那么多了，我只是想狠狠地揍他而已。

　　他却突然开口说话了，在我的拳头还没有捏紧之前。"他们就是在那里把他打死的。"大脑门先生用手指着已经几乎无法看得清的路边的某一个角落，喃喃自语地说道。我蓦然觉得他身边的雕花木窗脱离了窗框，在有限的空间里翩翩飞起。脚下的地板发出沉重的喘息，猛地像是拱起脊背的犀牛一样将我抛离了地面，我撞在了房檩上，柔软的房檩从背后给了我一个情人般的拥抱，流畅地把我轻轻放到了大脑门先生对面的椅子上，我得以近距离地和他面对面的坐着，他的手指越过我的左面颊，仍然直直地指着窗外路面上我看不见的地方。

"你别动"，他说，"在我的房间里，没有人可以伤害我，你坐着，听我说就好了。"

我没有动，雕花木窗仍然在窗框里纹丝不动，我之前站立处的地板也没有丝毫拱起的痕迹。至于房樑是什么样的状态我并没有仰起头去观察，想来也是会和普通的房樑一样坚硬、笔挺、不苟言笑。大脑门先生慢慢地收回了自己的手臂和手指，继续刚才只开了一个头的故事。

"刚搬到这个镇子上来的时候，我还是个孩子。那时并没有什么异常，每天的生活都简单而平铺直叙，你明白那样的感觉吗，就像是一卷光滑的、白色的丝绸料子从桌子上摊开并挂在桌边的样子，对，就是那样的感觉。父亲是一个虔诚的教徒，每天都在公文包里装着一本抚摸了几十年的教义，从没有一天中断。小镇里的信仰是朴实而不求功名的，所以当父亲听说教宗在距离镇子很远很远的地方犯下了滔天罪行并且大肆屠杀忠诚的信徒的时候，他总是撇一撇嘴，说这是来自于异教徒的诋毁和污蔑。传来的消息越来越多，越来越频繁，越来越详细，也越来越像真实发生的事情。镇子上的教徒们恐慌了，父亲仍然对这些消息不屑一顾。都是谎言，是外道们让我们互相猜疑的伎俩，他笑着对我说。

终于有一天，教宗委派的、长途跋涉而来的审判团队来到了镇子里，将所有成年信徒召集到了镇子里的广场上，要求所有人出示自己应该随身携带的教义从而表明自己的忠心。那是一个风和日丽的日子，我和小伙伴们在广场边的沙地里玩埋石子的游戏，远远地就听见广场那头传来嘈杂的呼喊声，但是听不分明。过了一会儿，有一个小孩子从广场的方向跑过来，大声地喊我的名字。我预感到发生了什么，可我不敢去想。那个孩子气喘吁吁地告诉我，他们在打我的父亲。我从沙坑里跳出来，飞也似地往广场跑去。天气真的很好，我闻到了路边野地里青草和泥土的气息。

广场上人很多，父亲仰面躺在地上，脸上有大量的鲜血。我不敢俯下身体去探察他的呼吸，如果我不去摸他的呼吸，也许他还是活着的，我这样想。一群穿着黑衣服的人站在不远处用毛巾擦拭着自己的双手。我想象着父亲从一地的血泊中坐起来，笑着对我说，都是假的，这是冒牌的教宗使徒，来瓦解我们的信仰，我脸上的血也是假的，他们想以这样的方式让大家害怕。都是诋毁，都是污蔑，来，我们回家去吧。可是并没有，我想象的画面并没有出现，父亲一直躺在那里，地上的血越来越多。

一直到今天，我都会坐在这里，看着曾经是广场里父亲倒下去的位置，幻想着他有那么一次可以从血泊中站起来，牵着我的手回到家里，和我一起吃妈妈准备的饭后水果。可惜的是，一次都没有成功。我可以让雕花木窗凭空飞舞，可以让冷硬的房椽变得如棉花糖般柔软，可我无法让父亲从那一滩血泊中站起来，哪怕是在想象中都不行。他们打他的原因，仅仅是因为他在中午休息的时候把教义拿出来阅读，却在紧急集合的时候落在了工作台上，没有随身携带。我理解那些嫌弃父母的人，毕竟在我那个年纪的时候就开始对他们产生了厌烦的情绪。他们会一遍一遍地叮嘱你你早已经烂熟于胸的事情，还会不厌其烦地向你灌输他们自以为高深的思想。

可他们却从不听你说话，至少并不是把你当做一个会说话的主体那样去揣摩你的用意。他们可能把你当做向他们摇尾撒欢的宠物狗一般对待，在听你说完一段话之后要么乐不可支，把你举到天上；要么就瞪起眼睛，把你的逻辑批判到体无完肤。曾几何时我也考虑过离家出走，离开这个镇子，独自生活到道路尽头的山上，在那里靠砍伐树木和拾取鸟蛋为生。然而，有一天他们突然不在了，从这个地方消失了，你再也看不到他们了，他们在你的生命里留下了痕迹却匆匆离去了，你也许会承受不了那种无法宣泄的对立情绪，你会觉得你所考虑的一切都失去了意义，而让你厌恶、使你想独立生活的根源问题就这样从现实和梦境里统统蒸发掉了。我有时候没有办法排解，尽管我经常用手指敲击墙壁上的记号。

　　那是我 8 岁的时候，父亲让我刻在墙上的召唤铃，为了安慰时不时会在他们二人上夜班的时候独自在家的我，父亲告诉我，觉得害怕的时候，便用手指敲那个刻在墙上的铃铛，那么他们便会听到工作台上的铃声，随即会以震动的方式反馈给我。我现在仍然时常用手指敲击墙上的印迹，我能感到自己的情绪顺着手指敲击的频率渗透到墙体内部，沿着墙内的电线和水管流向地面，潜入地下，再沿着排管的方向逐渐向整个区域内延伸。可我感觉不到震动的反馈了，我的手指麻木了，它们再也不像儿时那样娇嫩，可以感觉到敲击之后的震动。我想，也许我已经死了，而他们仍然活着，只是在一个我不知道的地方，并且藏起了那枚铃铛。"

　　天色已经完全暗了下来，我已经看不清窗外街道上行人的面孔，事实上在天黑了之后这个小镇的街道上已经没有什么行人，斑鸠们也离开了，也许回到距离这里不远的山下树林里的栖息地去了吧。野猫还在道路的角落和屋顶之间来回攀爬，妄图寻找到被人丢弃的腐食或者是从鸟嘴里滑落下来的蚯蚓的尸体。在这昏暗静谧的景色之下，我的仇恨就这样随着退出画面的光线被转移到这个世界的另一面去了。明早它们还会回来吗，会像寻找父亲的孩子一样在黎明时分投入我的怀抱吗，我不知道。我只知道现在我已经不恨这个人了，在这没有路灯、昏暗的、人烟稀少的、散发着紫外线味道的、被老旧木窗遮挡了一半视线的、冷清的街道边的小房子里。我这样想的时候才意识到这是一个加了很多前缀和定语的长句，我从来没有在生活中说过这样令人生畏的句子，一定是这个镇子改变了我，也许是面前这个男人影响了我的逻辑。他看到了我眼中的疑感，也有可能是我从他的眼中看到了他看到了我眼中的疑惑，他用手指敲击着窗棂，一下一下地，用食指敲三下，换中指敲一下，如此反复。

"听着，你是一个外乡人，这就是命运。这个镇子里已经很多年没有来过外乡人了，谁会到这个在地图上都显示不出来的地方，所以这便是你来这里的宿命。我离不开这个地方，因为我还没有找到那个铃铛，但是我预感到也许我不会再找到那个铃铛了。虽然我不愿意承认，但是事实就是如此，它不在这里了，切断了与我和我家庭之间的联系，震动反馈的通道被隔断了，不存在了，消失了。没有了它，那么这个镇子于我来说再没有了任何的意义，我的生命也不会再有任何的起色。

我要毁了它，同时毁了我自己，但这个计划仅仅靠我自己是没有办法完成的，事实上还根本没有计划。万幸的是今天你出现了，我知道你是个有自己的审美情趣的人，这从你背的画板和你常年浸淫在颜料里无法完全洗净的指关节里可以看出来。我需要你这样的帮手，因为去完完全全毁灭一样东西本就是一件十分凄丽而美艳的举动，倘若行动的策划人没有足够的审美追求，又怎么能让毁灭这样的事情达到一种出离俗世道德、进入彻头彻尾批判和重塑的美学体验呢，我觉得是不行的。

所以，你不能住在这里，不能住在这个镇子里，你不能对这个镇子产生任何的感情，这样的策划者有我一个便已经足够了。你要去山上，山顶有一间小屋，你去那里住。在那里可以打猎，我会给你一支猎枪，也可以画画，我可以定期上山去取，放在镇子上的小店里寄卖。总之，你今晚就要离开这里去山顶，我亲自送你一程。"

在山脚下，身后是看上去已经沉睡的小镇。山并不高，只是布满了好奇的树木和不明底细的蚊虫。我略一迟疑，便举步往山上走去。大脑门先生在背后喊我，问我想好上山之后第一幅画画什么了吗，我说，到了山顶之后的事情，在这里又怎么能够知道。

二、山下

　　软耳根小姐一直盯着身前的蓝布碎花的裙子在摆动。裙子穿在身前的年过五十的女人身上，好像是遥远的地平线外冉冉升起的热气球。软耳根小姐咬着嘴唇，心里琢磨着这条裙子本应该穿在自己的身上，要不是大脑门先生答应礼拜天去住在山顶的朋友家做客，将两人结余的闲钱花在了作为礼物带去朋友家的蛋糕和红酒上，那么这条裙子本应该是被她从那家红色木门、老板娘脖子上系着紫色领花的服装店里买回来的。

　　可惜的是当她身无分文路过那家永远在一条大街的拐角处以红色木门作为整条街的注脚的精致小巧的服装店，悲伤地发现它被一个体态臃肿、眼角挂着鱼尾纹和雀斑的中年女人穿在身上推门而出的时候，她就不自觉地尾随在她的身后，一刻不停地打量着修长优雅的蓝色碎花裙与早已失去生命魅力的肉体的搭配。这是一副马蒂斯的画，软耳根小姐在心里想着。

　　软耳根小姐有自己的名字，只不过她天生就有一对洁白娇小的耳朵，和一颗毫无主见的小脑袋瓜。从小到大的生活中她从未靠自己做出任何决定，就连刷牙时牙膏挤出的多少都是由洗脸池上残余的蟑螂尸体的长度所决定的。不过也许从不自己做决定这样的性格在某种程度上来说确实深受身边人所青睐，因为总有这样一个人可以让别人灌输自己的想法于她，而使得别人觉得自己在某个层面上来说是神圣而重要的。

　　于是软耳根小姐的一生都有各样的能人异士帮她做出了各种各样的决定。比如厨房里灶台的板面是用大理石材质合适还是红柳木材质更佳；吃腰果的时候是配旧世界西班牙红酒相宜还是莱茵黑森产区的雷司令口感服帖；春天出门的时候是戴医用口罩更加防尘还是戴空运回国的进口口罩更加抑制花粉过敏等

54

等。

不认识软耳根小姐的人们恐怕未必能够想象，一个人身边可以充斥着如此之多的精擅五花八门细枝末节领域里的天才，他们可以在黎明的清晨攀爬上屋顶凭借超凡脱俗的听觉判断出远处树林里传来的第一声鸟鸣是斑鸠还是伯劳，可以在黄昏落日之后依靠匪夷所思的视力辨别出横跨两个街区之外的轿车是不是来自于同一个厂商，他们亦可以仅用别人只言片语的描述预测出三个工作日之后河水的上游会不会顺流而来成百上千支无主的漂流瓶，也可以在大雪过后的人行道上指着每一个远去的脚印绘声绘色地描摹出脚印主人的衣着与修养。软耳根小姐在他们之中渐渐地没有了自己的名字，却代之以一个统一的称号：软耳根小姐。事实上在别人告诉她这个代号的时候，她自己又开始犹豫到底是接受呢还是拒绝。那就接受好了，别人怂恿她说。

她发现自己还在跟着前面穿蓝布碎花裙的女人。肥硕的身躯在紧致的布料里摩擦，分泌出的汗液已经逐渐渗透进了纹理。不行啊，怎么可以如此，她心里有一个声音一直在叫喊。是不是应该推倒这个女人，把这条裙子从她身上剥夺下来才对？然而，前面的女人在此时停住了脚步，慢慢地回过身来，拥挤的五官之间布满了汗水，她像一只转过身的河马一般看着软耳根小姐，轻蔑的声线是抛入云端的碎玻璃："你的耳朵根没了。"

软耳根小姐伸手去摸自己的耳朵，却发现自己的衣服滑了下去，她赤身裸体地往后倒去，压垮了整片整片的楼宇和桥梁，耳边传来人群的惊呼，可她却根本顾不上这些。她的双手终于触碰到了自己的耳垂，耳垂软软的，小小的，往上是耳朵根，和耳垂连在一起，完好无损。我的耳朵根还在，她放下了心，即使自己赤身裸体、如哥斯拉一般毁掉了半个城市都不屑一顾。我的耳朵根还在，现在我要睡了。

场景如潮水般向后退去，定格在中年女人脸上的轻蔑与讥讽瞬间成为了远处一个模糊不清的黑点。软耳根小姐从闷热的街道上像在被快速倒带的情景里疾走，回到车站、回到斑马线、回到服装店、回到卧室、回到与大脑门先生决定去山上的那一天。

大脑门先生微笑着，他的身后有刺眼的夕阳，软耳根小姐睁不开眼睛。

大脑门先生喜欢将注意力聚焦在无人可以看得出蹊跷的事物上，尽管有时候他注视的焦点在旁人看来也许空无一物。他曾经花了整整一年的时间坐在阳光晒不到脸颊的窗口，观察窗外路面上一切目力可及的物体。窗户是六十年代的产物，用被锯倒的松木遗留下来的木屑刨制而成，刻着谁也无法辨认的波西米亚风情的花纹，挟裹着朱红色的油漆在这偏僻、杂乱、不超过五米宽的街道上窥视了足足五十年的时间。

大脑门先生躲在窗户形成的宛如盾牌的屏障后，用自己的方式分解并重组着充满意义和感知的街道。一年后他起身出门，喝光了这条街道上所有看得见的水源，吃光了左邻右里冰箱里保存着的所有食物，连理发店伙计藏在衣柜里的零食都未能幸免。他突然地有一种焦躁，可能是交配季雄性动物期待雌性配偶的冲动，也可能是暴饮暴食之后胃部的不适引起的内分泌的突变，具体的原因连他自己都无从得知。他闻到了一种气味，这气味超越了他一贯擅长的用视力和遐想揣摩逻辑的局限，他甚至闭上了眼睛，任凭自己追随着气味的来路而忘我地寻找。

他穿过斑马线、急迫地在邮局门口判断方向、沿着这条没有任何色彩变化的街道逡巡，穿过糖果店，走进游乐场，从摩天轮下面的数百个座椅里重新嗅到了气味的线索，夺门而出，一路撞倒了十几位带队而来的领班，终于在寡淡无味的长街的转角处停下了脚步。街道与街道的连接点，是一扇红色的木门。这扇木门在两边都是上个世纪黑白默片一般的闪着片花的镜头色彩的夹击下，耀眼得仿佛是一份冗长而又繁琐的购物清单里突然跳出来的藏红花。

　　大脑门先生没有任何的犹豫，他径直推开那扇红色的木门，走进所有顾客都在埋头挑选衣物的服装店里，不顾脖子上扎着紫色领花的老板娘的招呼，只是平静而激动地走到了在他眼里绽放着世界上用肉眼无法看到的最迷人的光芒的女孩身旁，发现那女孩正在踌躇着该选择一双米色的平底鞋还是一双黑色的高跟鞋去搭配她娇小而洁白的耳垂上挂着的泛着金属光芒的长链耳坠。这正是大脑门先生和软耳根小姐的第一次相遇，无独有偶，市镇旁不远处一直没有沉睡的山顶，刚刚冬眠醒来的黑熊，也在同一时间掘出了运气不好的松鼠埋在地下的松果。

　　软耳根小姐一开始对大脑门先生的生活方式充满了好奇，对他可以不吃不喝却不知疲倦地观察雪后路面上远去的足印的行为敬佩异常。大脑门先生并没有错过这样的契机，从而在相当一段时期内彻底地改变了软耳根小姐的生活。软耳根小姐的生命里暂时没有了其他天赋异禀的普通人，也不再为早饭是吃麦片粥还是法式吐司、出门是背黄色的帆布包还是绿色的牛皮袋这样的问题发愁。因为大脑门先生总是用双眼观察的确凿无疑的细节和证据在软耳根小姐刚刚发问的下一秒便阐述利弊并做出选择。而他对软耳根小姐只有一个要求：当我坐下来看外面的时候，不要用任何方式打扰我，请注意是任何方式。

　　"下雨了"，软耳根小姐说。大脑门先生摘下帽子，戴在了软耳根小姐的头上，像一块乌云，压住了一只猝不及防的知更鸟。他们行走在市镇旁去往山顶的小路上，今天是礼拜天，大脑门先生的朋友在山顶的小屋里等待着他们。

　　软耳根小姐看着大脑门先生手里提着的蛋糕，那是前一天的傍晚，他们两个特意去楼下的蛋糕店里提回来的杰作。蛋糕店老板打来电话，说真的抱歉，这一款蛋糕确实没有办法送货。大脑门先生并没有什么意外的表情，只是在电话里说我们来自提好了便挂了电话，要求软耳根小姐与他一起去蛋糕店。亲眼见到蛋糕的实体之后，软耳根小姐才明白为什么蛋糕店真的没有办法送货。

最少有八条她见过的体型最大的大马哈鱼从蛋糕里跳跃出来，穿过上层做奶油装饰的云朵，在顶上的彩虹光圈下甩干净了身上的湖水，又再一次坠入了蛋糕的深渊。老板告诉大脑门先生，按照他的要求，蛋糕的身体里灌注了大量的带有盐分的湖水，并且他本人亲自去后山的山顶采摘了最靠近地面的云朵。蛋糕顶上的彩虹是前几天一次大雨过后的傍晚，他蹲守在距离镇子一百多公里的唯一的一处山体瀑布的半腰，用他父辈当年捕鱼的旧网捕捉到的。蛋糕里的大马哈鱼是新鲜的，是镇子里最地道的海鱼贩子去最近的海边运送回来的活物。

大脑门先生仔细地验收了蛋糕之后表示满意，并支付了一笔难以想象的巨款。他拿出随身携带的纸盒，将蛋糕不可思议地放进了盒子里，并向蛋糕店老板借了一个丝带扎在盒子上。他的手仿佛是能让一切沉睡的咒语，大马哈鱼在他的抚摸下安然入睡，汹涌的湖水在柔软的包裹中岿然不动，随时都会崩碎的流云紧紧依附着湛蓝的湖水，连忽隐忽现的彩虹都没有能够抵抗得住那双手的诱惑。现在蛋糕仍然在这双手中，那确实是一双可以让世间万物入睡的手啊，软耳根小姐在心里这样想。事实上神经衰弱导致多年失眠的她在遇到那双手之后变得奇迹般地容易入睡。可你为什么要在这枚蛋糕上花光自己所有的积蓄呢，软耳根小姐在那天傍晚不解地询问大脑门先生。

长久以来的观察让我明白苦心积虑的筹备和规划往往会在最后的期限里变成愚蠢而可笑的闹剧。一个人经年累月的囤积只会养成虚荣与懒惰的习性。现在，我把这个问题抛给了别人，换回了一个从未有人做到过的奇迹。这不正是我们活在这里的意义吗，大脑门先生的嘴角带着笑意。

不，我并不觉得这样做是对的，软耳根小姐在心里说，却并没有说出声来。越往山上走，水气越来越重了。一路上他们看到了林子里冬眠醒来的黑熊挖出了松鼠们埋在地下的食物，看到了在白天也不入睡的猫头鹰捕猎大如猛犸的野猪，看到了怒火中烧的松鼠请来了无恶不作的狼群。

　　他们很希望能将这些树林里犹如黑暗童话一般的故事完整地观赏下去，不过现实却并没有给予他们这样的机会。大如山崩的声音从道路的尽头处传来，浩瀚如海洋般的潮水倾泻而下，这蓦然袭来的浪潮击溃了重重守卫的丛林，遮天蔽日的树木被拦腰折断，黑熊与猫头鹰尚未饱餐便身首异处，松鼠与野狼还没密谋就胎死腹中。软耳根小姐再也看不到远天外轻触着山顶的白云，四下里的潮水已将二人层层包裹。

　　戴着我的帽子往前走，大脑门先生微笑着对她说。软耳根小姐也不知从哪里来的勇气，任凭潮水击打在自己身体周围仍然缓缓前行。大水淹没了视野中可以看见的一切，唯有水中一条逐渐分开的道路，有一对男女仿佛两座孤独的冰山，在势不可挡的水流中前后漂浮。

　　两侧波澜壮阔的水墙拔地而起，形如两道通往未知之地的藩篱。湍急的水幕中飘来大量的残缺的尸体，剧烈的血腥气和海水的味道让软耳根小姐没有一刻停止过颤栗。她在心里默默地念叨着儿时母亲为她求来的符咒，几乎以快要歇斯底里的语气质问仍然在她身后好整以暇的大脑门先生。

　　你不觉得羞耻吗，让我经受这样的折磨为何还能使你的脸上洋溢着如此淡然的微笑。

　　不，我们并没有遭受悲惨的折磨，大脑门先生说，我只看见浪潮分开了彼此为我们夹道欢迎，宿命屠宰了祭品庆祝我们的旅行，这不是折磨，亲爱的，这是一场人类历史上罕见的神迹。

　　软耳根小姐咬紧了嘴唇，明白自己如果不在这个时候反抗，也许此生都会沦为大脑门先生的信徒。可是自己为什么要反抗呢，原本她就是生活在无数他人的看法和摆布之中，即便再来一个大脑门先生掌控了她的抉择左右了她的理念又何至于引起她如此坚决的反感与抵抗呢，她自己并不清楚这一切的来处，也许自己更喜欢的是让更多的人介入自己的生活让更多的人变成自己的同伴以至于自己可以在更多的人当中找到集体无意识的巨大的安全感。是的，软耳根小姐更加咬紧了嘴唇，力度堪堪可以让下嘴唇渗出微微的血迹。她突然夺过了大脑门先生手中的蛋糕，使得一直在沉睡中的大马哈鱼与躁动的湖水怒不可遏。

　　盛装蛋糕的礼盒在下一秒便轰然破碎，被压缩的湖水膨胀成了蓝色的河流，大马哈鱼肆虐在水与水的空隙处发泄着休眠被惊醒的愤怒，彩虹撕碎了山顶的浮云，如一把闪烁着奇幻光谱的切刀，将道路两边高耸入云的水墙切割的七零八落。再也没有了缓缓延伸的道路，大脑门先生和软耳根小姐被如山峰一般坠落的水块重重砸倒，消失在重新被潮水填满的上山的小路上。

　　软耳根小姐在失去意识之前看见大脑门先生被跃起的如犀牛一般硕大的大马哈鱼咬住了头颅，不出意外的话会在紧接着的下一个动作里身首异处。不过她并没有看见他的下场，因为另一条狡猾的大马哈鱼已经绕到了她的身后，拦腰咬断了她的背脊。她在这个时候却还在想着那瓶没有开封的在地窖里储存了二十年的西班牙红酒，以及那条她一直没有机会穿上的蓝布碎花裙。想来穿着那样一条裙子，和戴着帽子的大脑门先生坐在山顶，与素未谋面的住在山顶的朋友一起吃着蛋糕，喝着二十年的红酒，应该是悠闲的周末午后十分惬意的事情。

　　她的想象很快就被分解成了二分之一、四分之一、八分之一，和她的身体被分解的速度差不离。

三、山顶

　　山上的生活并没有什么特别，大脑门先生送我上来的时候，亲自挑选了大量的、可以存放很久的小麦食品和罐头肉、豆子、腌制的咸菜等等。山顶的木屋里有现成的壁炉，屋外用简单木栅栏围成的院子里有处理好的、成堆的干燥木柴。我把带上山来的床垫和棉被折叠好之后铺在结实的榉树木制成的床板上，洗干净橱柜里用不知其名的木料制成的碗碟和餐具，便在可以看得到日落的窗边，进食用木碗装着的豆子和面点。画板搭在床边的空旷处，每天午后我都会在阳光的照射下作画，阴雨天也不例外，每日作画的内容不尽相同，刚上山来的时候会沉迷于山顶的景色从而持续地用颜料和画笔描摹看得见的风景，时间长了之后觉得有些乏味，转而去绘制偶尔闯入视线中的动物，例如在某一天傍晚误入院子里的浣熊以及在长途飞行中感到疲劳于是在看上去无人居住的木屋的窗棂上休憩的云雀。

　　我无法把短暂的视觉印象化为感知到的超越形象之后的线条和色彩的组合，于是便每天都想着能见到它们。不过浣熊并不会无缘无故地误入某一个人类居住的区域，一年之中能有那么一次邂逅便已是命运的安排。飞翔的云雀更是千载难逢地会驻留在某个窗户的外沿，谁能知道在那么多成群结队飞行的鸟类的一生之中会不会有那么一次机缘巧合地落在人类的窗口。然而我并不能去捕捉它们，因为一只无意中闯入我生命中的动物和一只被我捕捉关在囚笼里的动物，在我的感知里和画笔下会是截然不同的两种生物。流浪者与服刑人的区别，旅行者与足不出户者的分歧。一只常年翱翔在天际的云雀和一只终年蜷缩在牢笼中的云雀之间，简直横亘着生命与死亡的沟壑，作为一个虔诚的画师，我又怎么能将这两种从灵魂深处而言都无可比拟的对象混为一谈。

　　我还是勉强在某一个下着大雨的傍晚将它们画了出来，雨很大，天很阴沉，我画完最后一笔的时候，已经无法看到面前画板上的图案。生平第一次察觉到绘画本身带给我的掣肘感和不能完全表达我之本意的深刻体会，于是我把那两幅画都用布盖了起来，放在床边的地下，后来一直没有掀开过它们的盖头，还好那天傍晚天色阴暗，没有让我看清楚它们的样子。

　　大脑门先生后来一直没有来过，这也是让我觉得很诧异的一件事情。本来说好他应该半个月上山一次，给我送一个月的口粮以及将我的画拿去山下售卖。满一个月的时候，有一匹马拉着一车食物来到了山顶，正好我在院子里描摹从山顶望向山下镇子里的景象。是一匹普通的本地马，皮毛棕色，体态均匀。我卸下了车上的食物，马看了看我，转身下山去了。食物的袋子里有一封信，是大脑门先生写给我的，主要内容是他最近比较繁忙，整体计划正在构思，但是时间紧迫，他已经越来越无法克制自己毁掉整个镇子的冲动，但是好像又有另一种欲望从身体里莫名其妙地升腾起来，他目前还没搞清楚到底是怎样一种契机。

　　我读完了信，将信纸塞回信封里折了四道，揣进餐桌边墙壁上张开的缝隙里，这个缝每天都在变大，晚上吹进来的风很凉，这封信正好可以堵住这个缺口，我对此十分满意。送上来的食物仍然是大量的麦制品、罐头肉和腌制的蔬菜。对我来说这些根本没有办法满足我的口舌之欲，然而不知为什么，从那天晚上开始，我觉得我已经离不开这个地方，虽然我和那个脑门大的家伙素未谋面，但是我和他之间好像有着一种怎样也说不清道不明的联系。尽管我并不喜欢他，也并不想从他身上谋夺到什么，但是我却不愿意和他失去联系，仿佛我和他那天的相见已经在不知是信仰也好还是宿命也罢，已经牢牢地在我不知道如何表达的超乎现实和物理之上的精神甚至灵魂层面缔结了如何也无法撕毁的合约。

　　我对这种挥之不去的感觉毫无办法，也并不知道这到底是好是坏，道德和理性在此时完全不能对我伸出援手，我被自己囚禁在了这虚无缥缈的承诺和信任之中。我有时候跟自己说我只是一个画师，一个靠临摹马蒂斯、达利、弗里达、布勒东真迹为生的肮脏的造假者，一个看上去毫无廉耻实际内心里却对绘画无比热爱的平凡的言行不一的败类。为什么我会被卷入这起摸不着头脑的复仇计划？

"复仇"这个词语用在这里也许并不恰当，但我相信已经没有更恰当的词语可以用来表现这样的事情。一个自己父亲在几十年前被教宗集团打死在镇子里的孩子，长大了之后却要将整个镇子毁灭从而抹除自己丢失在数十年前的童年里的悲哀以及无法与别人一样活在当下状态里的乖戾感，这不是向凶手复仇，这是向自己复仇，无论自己的过去，现在，未来如何，统统进行清一色的抹杀和摧毁。他是我见过的最极端、最懦弱、最无助的人，但也许，我也是这样的人吧。

在这样无所事事度过的日子里，我越来越厌倦了绘画曾经带给我的欢愉。它曾经让我快乐，因为除了能在临摹名家的画作中细细体味它们专注而伟大的灵魂，更能在闲暇时将我臣服于它们时所压抑的独特审美和情绪在一块干净的画布上随意挥洒。我热爱布勒东和弗里达，但我同时认为自己有望成为这个时代的布勒东和弗里达，或者成为能够超越他们的存在。我在用粗短的画笔忘情涂抹的时候是激动的、热情洋溢的、带有倾吐和狂热欲望的脱离现实的行为。但是在山上我却体会到了绘画的另一面。

在它色彩斑斓的表像背后，有着局促的、片面的、突破无力的真实桎梏。无论我怎样描摹，它却只能停留在画布这一有限的空间里自生自灭。我也可以在墙壁上、屋顶上、甚至田地里作画，可那又能怎样，依然是局限在那固定的空间里突破无望。即便是布勒东的超现实主义无序而杂乱的线条和色彩，也摆脱不了时间和空间对画这一表达形式本身的、无论是感官上、维度上还是可能性上的压抑。

　　我在坚持了一段时间后，终于不再拿起画笔，整日坐在窗边愁眉不展。表达的欲望在心里逐日堆积，像山顶上一直化不掉的积雪，在阳光无法到达的山谷里静默无依。然而表达终归还是要进行下去，于是我在另一个无所事事的上午，拿起一支普通的墨笔，在随手拿过来的本子上开始输出文字。写满了这个本子之后，我感觉到无比的畅快，几千个前后没有联系的句子仿佛是拖拽着我不停向前奔跑的骏马，在手与纸之间搭建了无数个可以任意穿梭的洞穴。

　　在领悟到这种感知上的突破之后，我意识到这才是我毕生应该追寻的方式，这种更高维度、毫无限制、在表达和思维之间完全没有局限的输出，彻底颠覆了画框、色彩、线条对这个世界的囚禁和歪曲。文字本身没有色彩，但是文字可以让一切色彩呈现在眼前，包括我们知道的和不知道的；文字没有长度，但它可以成为任何一种长度，并将这样的长度无限复制。我深深地陷入了这样表达的乐趣之中，在连续写满了三个本子之后开始尝试不一样的书写。耳朵里听到了屋顶上的动静，我却不需要再去观察落在屋顶上觅食的鹰隼，因为，我就是那只鹰隼。背生双翅的我审视着屋顶上每一个缝隙中的虫蚁，眼角余光在两边绵延的丛林中等待着猎物。

　　坐在屋里不停写作的我感到了屋顶上的我的召唤，于是我把墙分开，从那个被我塞了一封信的裂缝处分开，我从未觉得自己可以如此轻快而敏捷，钻出墙体的速度比大脑运转要快，所以当我站在屋顶上环顾四周的时候还并没有意识到我是从脚下的屋子里分开墙面腾身而上的。我要起飞了，当我发现三公里之外漆黑的树林里有一只啃食野草的兔子的时候，一颗比我还要迅速很多的长简猎枪里的子弹已经从瞬间加热到一百度的枪管里激射了出来，在我起飞的同时，子弹已经嵌入了野兔的头颅。我也随着那颗灼热的子弹进入了从未见过的奇妙领域。四周是鲜红色的液体包裹着我的身体，我触碰到了一些有弹性的、纤细的身体组织以及澎湃着生命体死前高度集中的神经电网。

　　不得不说我在那不容易发现的刹那之间感受到了兔子的思考、哀伤和不容置疑的绝望。很难想象一只野兔在临死前也会有如此复杂的思绪和情感，如果我不是一颗射入它大脑的子弹的话。树林里响起了山地靴踩在枯死的树枝上的声音，子弹的主人正走过来要回收自己的猎物。松脆的枯枝在重压下持续断裂的声音引起了我的向往，我脱离了红色的、血肉模糊的野兔的脑袋，在几不可见光线的丛林里飘逸成了一缕回音。带有爆破性的、符合人性期待的、遍布咯吱咯吱音节的声音持续在我的脚下响起，我留下所有音节的轮廓，只是将音色的中质剥离出来，以波浪的形式不断呈圆圈态向外衰减。

回音震动了挂在树枝边缘的油脂，它借助音浪的力量摆脱了与树枝之间的羁绊，义无反顾地在重力的拖拽下倾泻而下，将树下一只正努力在破损的叶片中寻找蝇虫尸体或者断掉的嫩芽的黑蚁包裹在其中。我没有在这样的景观下多做停留，因为我的势头正在逐渐衰弱，最终被屹立在丛林边缘的灌木丛尽数吸收。回音消失了，穿着山地靴的狩猎者已经离开了这片区域，躲藏在树木后的浣熊和松鼠又相安无事般地出来寻找食物，我距离自己的屋子太远了，我想回去。树上跳过来一只狐猴，它伸长了手臂，在上升和下坠的时候偶尔借助突出的树干来改变自己的行动轨迹。我张开双臂拥抱住她，在她的怀里成为了她的孩子。狐猴一边以不可思议的速度朝向小屋的方向跳跃前进，一边还在提防来自上空的袭击。

饥饿的金雕和兀鹫常常会在狐猴放松警惕的一瞬间发动攻击，在它们的利爪嵌入狐猴身体的那一刻便将猎物杀死，然后拖拽到树木的顶端或者更高的平台上享用丰盛的战利品。我在狐猴母亲的怀抱里忧心忡忡，因为在我想到金雕的时候，一只翼展超过三米的金雕便从丛林的上端进入了我的视线。狐猴母亲发出警告般的嚎叫，但我可以从中听出生命终结前的悲壮。金雕的爪勾刺入了她的脖颈和后背，在三秒钟之内便终止了她的呼吸，我松开手，任由自己往地表坠落。落到地上的时候，我用四肢站立，在枯枝上没有发出一点着地的声音。回过头来看见自己黄黑相见的皮毛和如树枝一般粗细的尾巴，我没有咆哮，因为我知道自己的声音会让方圆三十公里以内的生物全部噤若寒蝉。嗅着地面上叶片之间残存的气味，我准备去捕猎自己的食物。那食物的身体里流动着滚烫的血液，每一寸肌肉都跳动着新鲜的活力，然而它逃不过我的追踪，一个小时还是两个小时之后，它将在我的臼齿下碎裂为失去生命的皮囊。

我就这样沉迷于这样的书写，每天每夜不停地书写。在这样的书写里我无所谓生死、无所谓大小、无所谓老幼，无所谓对错。我可以是任何一样物体或生物，也可以不是任何一种物体或生物。我可以在死之后醒来，亦可以在出生之前死去。丛林在我眼中没有颜色，所有颜色都会在肉眼难辨的一瞬间之内将整个丛林浸染，并在下一个刹那全部褪去。

书写的世界里没有轮廓、边框、形状、比例、结构，实际上任何可以被局限的概念在这里都不会存在，因为它们在存在的同时就消亡了，输出之后便被自己的力量抹去了。这个世界里没有定义和真理，真理这样的词语说出来就是个浅薄无知的笑话。如果一定要给这样的书写一个定论或规则，那么每一个书写的人便是这定论和规则的书写者。在书写的世界里书写自己书写的世界里的定论和规则，听上去真是一个惹人怜爱的逻辑。我完全抛弃了画布和羊毛笔，意味着我抛弃了自己的过去和局限性。

我在清净无人的山顶不停地用文字缔造着另一个世界，那个世界里拥有一切我不曾拥有、不曾经历、不曾体验过的生活、生命、生物，并且它们永远不会消亡，而是在这个世界里变化、分解、重组、再变化、再分解、再重组，如此循环往返，永无终日。就这样也不知过了多久，每个月那匹棕色的小马都会上山来一次，我会极不情愿地停下手中的书写，去卸下它背负上山来的食物。在与马相见十几次之后，我也将它写进了我的书写。

而大脑门先生一直没有出现。山上下雪了，雪花覆盖住了篱笆围成的院子，在干燥的木柴上留下了水迹。我觉得冷，冻僵的手无法再继续写字，才到院子里找出一些没有潮湿的木柴，在屋子里的壁炉里点燃。木柴很快就烧完了，又要去院子里找出新的没有潮湿的木柴来添进火里，如此几次之后，我终于停下了手中的墨笔，站在不断坠下的雪花中看着山下同样被大雪浸泡的镇子，它像是一件礼物，一个装在玻璃球中的工艺品，我想触摸它，把它拿在手中把玩，看它在玻璃球里伴随着不停翻滚的雪花旋转沉浮。

　　大概过去了两年的时间吧，我写满了四十几本五百页的厚纸本，墨笔没有墨水了，我在大约一年前便给山下的大脑门先生写信，让他给我捎上山来二十支墨笔。头发和胡子渐渐地长了，我用扎木柴的草绳把头发归拢到脑后，扎了一个不长不短的辫子。胡须生长的比较慢，不过也有将近十厘米的长度，上嘴唇的胡子没过了嘴唇，下嘴唇的胡子在不经意间低头或者弯腰的时候会触碰到桌面。

　　在书写的时候进食，我居然可以撩起上嘴唇的胡须，用食指和拇指轻快地把罐头肉和豆子塞进嘴里，有时候会不小心掉落在下颚的胡子里，需要站起来蹦跳几下才能把消失的食物找出来。我曾经试着用劈柴的斧子来修剪自己的胡须，几次之后觉得只能参差不齐地略微改变上下胡子的长度，毕竟不敢用斧子太过靠近自己的面颊，刃锋很利，在一次不小心碰到我的右脸而导致血流如注之后，便不敢再用它做更精细的操作。天热的时候，繁杂的胡须会遮挡住皮肤透气的通道，所以整天胡子下面都是湿漉漉的，还会有苍蝇和蚊虫围着我的胡子乱转，尽管我每天都用屋后的井水清洗它好几遍，可依然无法改变这样的现状。我隐约可以嗅到胡子上散发出来的孜然和肉豆蔻的味道，这味道的形成十分匪夷所思，我最起码有好几年的时间都没有吃过这样的香料。也许罐装的肉类和豆子，加上腌菜里的霉菌和井水在我的肠胃里发生了不可预测的化学反应，于是在这几种成分转化而成的营养物质里，有一大部分被输送到了面部的毛孔，通过胡须的根茎被释放出来，形成了这样的气味的组合。我无奈之下，只能又给大脑门先生写了一封信，让他用棕马再捎上来一支刮胡刀和一盒剃须膏来。

　　一旦停下书写，我便会感觉到深深的寂寞。独自一人在这座山顶的小屋里生活，除了偶尔可以抚摸钻进围栏里来觅食的小浣熊和野兔，再无任何可以借由交流彼此情感的行为。虽然我在那个城市做画师的时候对伴侣这样的角色是可有可无的态度，但是毕竟每隔一段时间便会有一位心怡的女性闯入我的生活。她们或端庄严肃、或放浪不羁，但同时对绘画及对我本人有着深浅度不一的好奇和兴趣。

　　我往往是不知道该如何与她们相处的，只是在画廊里或者沙龙举办的冷餐会上和她们滔滔不绝地谈论超现实主义流派与现代派画风的结合。她们往往也是不知道该如何与我讨论的，只是端着一杯樱桃马蒂尼或者芒果莫吉托，用闪烁着情欲和欣赏的眼神审视着我的表情和动作。饱蘸着口红的嘴唇微微张开，飘来薄荷烟和杜松子酒的气味，鼓胀的乳房和我的胸膛呈四十五度角，我在口干舌燥的时候喝一口她杯子里的饮料，便会被她取笑是故意要去嗅探杯沿唇印的味道。

　　诚然我会在画展或者冷餐会结束后和她们之中的大多数去最近的酒店开一个房间，把压抑了整场的暧昧和征服欲通过双方生殖器的深入摩擦从而全部向对方倾吐，整个过程没有了试探没有了引诱没有了互相博弈的言语和眼神，只有把这一切撕碎之后呈现出来的原始和疯狂。然而事后的自己是失落的、是空虚的、是垂头丧气的，会自责为什么会和这样的女人做出如此的事情说出如此的言语。

　　大部分女性我在第二天便不再理睬了，尽管她们有可能会一次一次地来找我问我为什么会突然有这样器质性的转变，我却不知道该如何回答。最后我只能告诉她们，我就是这么一个玩弄感情的人。她们中的大多数会哭泣、自怨自艾、失去之前的风度和自信，我只是默默地给她们递去擦拭眼泪的纸巾。也有个别的情绪激动，给我一个耳光或者把手边能抓到的一切砸在我的身上和脸上，我也不还手，只是默默地等她发泄完毕转身离去。我知道自己实际上并不是一个玩弄感情的人，然而我也知道这份感情其实连我自己都不知道会在何处。直到我离开那个城市，都没有一个女性能够可以和我达成共识，我们之间的共识只能维持在酒店房间里的那么一到两个钟头，之后如果我告诉她这只是一个男人在雄性激素和睾丸素的刺激下所做出的举动，恐怕不管是谁都会毫不犹豫地撇断这举动的源头。

又过了几个礼拜之后，我终于按捺不住冲动，开始书写起了一个虚构的女性。这个女人并不特殊，纯真、善良、情绪化、喜欢服装和配饰、中意有男人味且独特的男性。但是她也有其十分特殊的方面，便是她从来无法自己去做出选择和决定。显而易见，她是我遇到过的所有女性的特质的结合，只是我在选择及决定困难这一点上做了一个大胆的放大。

我还记得与一个如今已经不记得名字和长相的女人在咖啡店里点咖啡和甜点的时候是多么的焦躁，在将点单上所有的品类全部筛选过三遍之后她仍然无法决定点哪一种为好。虽然最后她还是点了一杯一开始就想下单的香草拿铁以及一小块起司蛋糕，但是这个过程不仅让我觉得有趣，更让我有了征服她的欲望。所以后来我按照惯例和她去酒店房间交配的时候，特地在过程当中兴奋地让她选择下一个阶段的体位，果然抛去理性的狂野时刻人便不会有太多的顾虑和比较，她在事后居然跟我说从来没有那么爽快地决定过一个选择，这件事情我还历历在目，只是参与者的形象已经完全模糊了。

书写这样的女性对我来说并不是什么困难的事情，毕竟她的一言一行是从已经深入我肌理的、每一个与我曾有过床第之欢的、与我带有挑衅并挑逗意味地深入交谈过的、每一位有其独立人格的女人留在我身体里的印记中释放出来的。如果不是因为书写，我并不知道原来她们在我的身体里留下了这么多的烙印和痕迹，我在释放它们的过程当中感受到了灼热感和疼痛感，一直认为不会有什么后遗症和念想的过去奇迹般地将迟到了很久的悲伤和遗憾在我的书写中重新上演。

　　我在书写的时候哭了，在我书写的世界里的我也哭了，我体会到了这个被我用文字塑造出来的女人的悲哀和无助，以及过去的那个我的冷漠和狠辣。我不能让她在书写的世界里继续悲哀下去，于是她便遇见了与现在的我唯一有生命联系的大脑门先生。他们在突如其来的气味和契机的引导下相遇，并在默然安静的状态下生活在了一起。我希望他们可以在我的笔下永远生活在一起，这样大脑门先生便不会再有报复自己的计划，无法决定的女人也不会有悲伤莫名的遭遇。我写了很多他们在一起的生活，大概写了有五十年那么久吧，我的眼睛花了，耳朵也不太灵光，吃的东西越来越少，连偶尔站在院子里看看日落的时候都觉得疲乏地快要睡去。终于有一天，那匹棕色的小马拉着车子又上山来了，食物的袋子里有一封大脑门先生捎来的信。我颤颤巍巍地打开白色的信封，抽出里面折成四道的信纸，在黄昏的余晖下读着信纸上的内容：

　　画师先生：

　　礼拜日的下午，我会带着我的爱人上山拜访，请准备三人份的茶水和茶具，点心我们会从山下带上来，请不用操心。

四、尾声

　　我还可以握起那支画笔吗，也许我颤抖的手能够在有限的时间里把已进入暮年的自己完整而又片面地定格在永远是白色的墙上，除去真实的眼神和重量，说不定我可以在白色乳胶漆的墙面上获得毫无生命力的重生，体重和眼底的余光注定只能停留在满是雾霭的现实里，接受另一种形式的塑造，如果那支画笔足够灵巧。不过那支笔看起来是如此的沉闷乏味，不知道经过多少个缺乏想象力和创造力的画者的手，也许它已经习惯了沿袭着笨拙的路径勾勒出图案，而我颤抖又无力的手，会不会就这样被它牵引，我不太清楚。

　　一直被我唾弃的白色的墙壁，此刻终于在眼前延伸，成为了让我难以驾驭的画布。我在生命的最后几年里每天都在咒骂呆板无趣的墙壁，光秃秃的平面上连一个观赏日出的角度都没有，更别提在午后的闲暇里自由地穿梭于海浪和走廊的拐角之间。它应该恨我，我心里明白，所以它用它独特的方式挑衅着即将死去的我，我会就此妥协吗，谁又能知道。

　　握住这样的一支画笔需要足够的勇气，毫无疑问，它确实沾染了历代使用它的画者的恶俗和乏味，尽管我已经迈入生命的末期，忍受了足够的恶俗和乏味，可我依然在刚刚握住它的时候不由得一阵晕眩。从手指的触觉神经里澎湃延伸而来的居然是它沉寂了多年后的痛苦倾诉。

　　会有人和自己的画笔沟通吗？我不确定，也许正因为如此，我们不会去喝不加蔗糖的纯苦艾酒，亦不会割下自己的双耳；不会流浪到法属波利尼西亚的孤岛，亦不会将画满惊世壁画的木屋付之一炬。没有发生的事情我只能猜测，而正因为如此，我还活在这世上，得以在多活了这么多年之后，终于决定将自己的遗憾刻画在这面恍惚望不到尽头的墙上。画笔大约和我聊了有一个世纪那么久，至少我是那么认为的，它从第一任穿小羊皮靴的主人那里被运送到别处，历经了多家画廊多位画师之手，最终被丢弃进无人问津的旧货店里，宿命般地被我挑选出来，准备临摹夕阳的颜色。

安慰一个器物的灵魂是漫长而幽怨的。我手中握住的仿佛是一株生长了数百年的参天巨树、一段无人知晓的家族秘史、一首早已被雪藏起来的民族悲歌。它哀恸、固执、倔强，且虚无落寞，无人听见它的悲鸣宛如在岁月洪流上低声弹奏的月光。白蜡木的笔身伤痕累累，是度过了草原上无数个旱季雨季之后的印记。胡狼与鬣狗在它身上留下了爪印，花豹和母狮好几次险将它撕成木屑。笔杆前端的羊毫参差不齐，其中夹杂着牛羚的排泄物和鹰隼的羽毛。任何人看见它都不会怀疑这是一支从穴居人时代流传至今、穿越了非洲草原和美洲峡谷、唯一可以出现在我面前的一支可能生来就注定与我同归于尽的画笔。

挺好，我从心里认为，和我一模一样。

可是我却悲哀地不会画画，尽管它已经在我掌心里逐渐沉静下去，随着我颤抖的频率而颤抖，并试着引导我的手往墙壁上举起。此时不能犹豫，一切已经到了应该到达的样子，就这么画吧，我对自己说，关键是我到底想画些什么。神思犹如被风吹来吹去的烟雾，在回忆的长廊里东躲西藏。一切真实的记忆在日渐衰竭的神经元里扭曲变形，拉开抽屉的同时抽屉里的衣物已经灰飞烟灭。

我再也记不起从前了，可是我的手已经握紧了画笔，准备在展开的画布上记录下正在消失的真实和臆想。我还能做到些什么呢，我注定要描摹荒谬的真相，画笔上并没有油彩，恰好墙壁上还有残留的夕阳的余光，就用这些粒子作画吧，本来就是荒谬的涂鸦。

做好决定之后的手不再颤抖，回光返照的稳定挟持着画笔触到了一片沉寂的墙壁。夕阳的颜色包裹住羊毫在墙上缓缓展开了轨迹，我却失去神志一般地闭上了眼睛。

　　沉重的喘息也不能遮掩拙劣的画技，我终归只是在墙上画出了一对类似蝴蝶的双耳。夕阳的角度一直在变换，然而被我用画笔涂抹过的地方，余光留了下来，在墙上形成了从未得见的模样。我用手去触摸它们，是温热的，可以在手掌里流淌，唔，可曾见过在手心里旋转滚下的金色的阳光吗，我想大多数人都会瞠目结舌。不想再画下去了，我描摹出来的图案荒诞到根本与现实毫不相干，然而夕阳卷住了我的笔，我的笔拖动着我的手，继续往空白的墙面上涂抹着自己并不能理解的轮廓。

　　这时候门开了，从外面走进来一个头戴黑色鸭舌帽、穿着一身黑色套装的人。他坐在门边的窗台上，用左手食指拨弄着窗台上的肉桂，发现我看着他，他便用右手压低了帽檐，并没有发出任何声响。他是来看我画画的，我想。总还是要继续画下去的，我对自己说，毕竟有人愿意阅读你的荒谬。

　　夕阳给我的时间不多了，我已经可以感觉到羊毫上泛着波光的温度正在逐渐消退。稳定而又苍老的手会在一对形似蝴蝶的耳朵旁边绘出怎样的图案呢，实在是毫无头绪。不过此时的我像是被唯一的观众激励起热情来了一般，在光亮的墙壁前陷入了沉思。还是不行，我需要别人的帮助。我扭过头去想征询那个黑衣人的意见，却发现他变成了一只硕大的乌鸦，嘴里叼着盆栽里唯一结果的肉桂，刷地一下从门边敞开的窗户飞了出去。

　　乌鸦飞走的那一个瞬间，我重新被点燃的热情迅速褪去。羊毫上沾染了太多的余光，从笔尖滴下来，溅到了我的脸上。这是怎样的油彩，可以被肌肤吸收，化为能量让我移动自己的臂膀。好景不长，我绝望地听到了屋外的声响。原来乌鸦飞走了，是因为早已知道，浪潮的来访。冰冷的大水并未给我下一秒思考的时间，它冲开了紧闭着的房门，席卷了室内每一寸干燥的角落。我被潮水卷起，饱蘸着夕阳的画笔掉进了水中，仍然闪烁着若隐若现的光芒。我还没有完成这一墙荒唐的壁画，便被突如其来的潮水卷去了无法用肺部呼吸的地方。

　　我的脚下有巨大的长须鲸游过，尾随着的是成群结队的金枪鱼和墨海马，然而这里并不是海洋，我依然看见成群的云雀从头顶掠过，啄食着无处不在的仓鼠。还能呼吸吗，我试了试，不行了。还能进食吗，我张开口，吞下了一只路过的象海豹。除了进食，别无他法。我从心底油然而生的悲哀扩散了整片区域，所有生物被这层情感浸泡，像一幅幅被丢弃在外太空的玛格丽特的画般悲怆。

　　我要吞吃了这片荒芜，不能任由我的悲伤无限制的扩张。数不尽的座头鲸和章鱼被我吸入腹中，前赴后继的黑鲷和马鲛鱼无一能逃过我的齿缝。仓皇逃命的牦牛和狼獾可以作为结尾处的盛宴，如山脉一般的珊瑚礁适合成为饭后的甜点。无法呼吸的肺部换来了恐怖的食欲，然后眼前所有全部被我嚼食了之后会如何呢，我还能继续存活下去吗，下落不明的画笔还会重新回到我的手中吗，一直涌现出来的无法解答的问题继续困扰着我，我仿佛在残缺的血肉之上看见了久未得见的彩虹。

　　当我醒来的时候，整个山顶以下的区域全部都被淹没了，再也没有了森林里的黑暗童话，也没有了镇子上关于强盗与良民的传说。唯有月光照耀的山顶，在此时成为了方圆数公里之内最醒目的岛屿。乌鸦又飞回来了，落在地上的时候变回了头戴鸭舌帽、身穿黑色套装的男子。他没能飞过这一片水域，只能折返回来，停留在附近唯一的陆地上喘息。我上前揪住他的领子，问他山下镇子里的人都怎么样了，他有些茫然地看着我，说山下一直都是一片荒芜，哪里有过什么镇子，唯一可以在那片荒地里生存的居民，恐怕只有生命力顽强的仙人掌和适应能力极强的长尾蝎了吧。

无处安放的言语

年代太久远了，我也记不清到底是从何时开始。

记忆犹如在浑浊的河水里忽隐忽现的水藻，当我以为伸手便可将它攫取的时候，却往往总是偏离了位置。可能是我父亲的父亲——我爷爷出生的年代，人们在说话的时候惊奇地发现，当语言脱口而出的瞬间，会在空气中形成一粒粒细细的硬质的颗粒。这颗粒虽然细小，不过在近距离交谈的时候，会像一层被穿堂风从屋外扫进窗户里的流沙一般席卷在交谈双方的脸上和干净整洁、熨烫的没有一丝折痕的衣领上。

虽然这样突发的现象引起了当局以及所有会说话人群的重视，然而却没有任何一个政府可以解释以及解决这样的现象。好在这些语言形成的颗粒物并没有什么破坏力和杀伤力，顶多只是在口角双方激烈争辩的时候，会根据争吵双方的情绪强度而在空气里长途或者短途奔袭，迸射进对方的眼睛里，造成程度不同的角膜炎而已。

听我父亲说，他小的时候看我爷爷和奶奶争吵，过程中两人都各自戴着口罩和墨镜，站在房屋的两个对角将整场争吵进行下去。中途会因为口罩隔音效果太好或者嘴里闯进了自己语言的颗粒物而使对方听不清楚，他们便会摘下口罩的一个耳挂，将那句没有传达过去的语言复述一遍。争吵往往没有任何结果，不过在每次结束之后，爷爷奶奶都会将房间对角线之间的地面打扫一遍，并去水池边用自来水清洗自己的口腔。父亲说，因为每一次争吵之后都太麻烦，所以爷爷和奶奶渐渐地很少发生口角。在他们二人最后的几年里，爷爷每天都会在吃完饭后进行长时间的呕吐，吐出来的尚未消化的食物里，夹杂着大量的灰黑色的硬质颗粒物。

在我父亲逐渐成年并进入工厂工作的年代，语言硬质颗粒化的现象越来越严重。颗粒从一开始的细沙状进化成了圆形球体，直径约 5 毫米。街头渐渐出现了以语言伤人的情况。那些脾气暴躁、血气旺盛并且音量非凡的人物往往便是肇事的主角。他们口中喷吐而出的语言会像钢珠枪里射出来的圆形钢制散弹一般击打在另一方的身体上，造成面积不同、程度不同的肉体伤害。政府当局立即在所有电台媒体和纸质媒介上向所有人民发出了最后的通告：不再播放任何电视节目、停止所有广播电台的发送；所有电影院、学校、舞台全部进入无限期关闭状态。

尽管如此，耸人听闻的事件依然在不断地发生。比如有一位警官在接听报案者电话的时候，因为报案人情绪过于激动，语言颗粒直接击穿了接听警官的耳膜，射入了他的脑干中部，直接造成其死亡；一位顺产中的母亲因为生产过程中太过痛苦，撕心裂肺的嚎叫声化成了在产房里不断扫射的枪火，产房内所有医生护士全部被打成了筛子，无一幸免，不幸中的万幸是母子平安。

大量的电视和电台工作者失去了工作，所有的歌唱演员及教师流离失所。没有人敢再接听电话，所有的妇科医生在接生全程都穿着避弹衣和防弹头盔。街头来来往往的人越来越少，更多的人选择待在家里。即便必须上班和出门的人们，也基本不再互相用语言交流。人们更愿意以肢体动作或者面目表情来表达自己的意图和情绪。市场里再也听不见熙熙攘攘的人声，三三两两的顾客站在摊位前，和售卖肉禽以及蔬菜的商贩用手势和动作无休止地讨价还价。走街串巷的手艺人们也不敢在空荡荡的街道里大声吆喝自己的技能和商品，因为这随时有断送一个忽然从拐角处出现的过路人生命的危险。无数的行业受到这样现实的影响，数量庞大的人群因为无法工作而颠沛流离。父亲说，那样的状况大概维持了有半年的时间。

政府当局在半年后重新出现在了人们的视野中。他们安排人手在街头发放传单，并在各地发行量最大的报刊杂志上刊登公告，宣称已经全盘拟定出了应对措施。经过长期的观察，当局认定所有被音响及话筒采集后通过电流传递的声音都不会在发声端发声硬质颗粒化，而是先行一步被电流吸收，只是在输送终端处重新演化成圆形硬质球体。

因此，政府监督各个电子产品生产厂商，研发出了可以承受钢珠子弹冲击力的透明材质的细密孔防护罩。一来不影响视频类电子产品的观看，二来可以随时监测到防护罩里的硬质球状颗粒的数量，以便在适当的时候进行清理。所有的电影院也参照这样的标准生产出了音箱护罩，以免在过于激烈的剧情时从音箱里喷射出杀伤力巨大的钢珠球误伤观众。所有的舞台表演均被隔离在大型的透明舞台防护罩里，使得舞台表演者以及歌手又有机会重登舞台继续自己的演艺生涯。电话听筒上被安装了结实坚硬的隔离网格，杜绝了接听者会被散弹枪爆头的厄运，只不过在打电话的时候需要认认真真甚至异常费力地去听清电话那头在说什么，因为硬质球体撞击在隔离网格上的"噼里啪啦"声常常会掩盖住说话者的声音。

一时的骚乱及社会动荡在当局妥善的处理下化险为夷。失业者又重新找到了工作，无聊乏味的生活里又重新有了娱乐和影音。父亲终于从一名学徒工成长为车间中的骨干，在工厂生产大赛的比拼中拔得头筹。在接过戴着防爆面具和手套的厂长手中的奖杯时，父亲高举着奖杯在空中用力地举了三次，坚实的胳臂和挺拔的站姿无疑征服了在领奖台下方默默鼓掌的一名同车间的新进女工。这名女工不久之后便成为了我父亲的妻子，也就是我的母亲。

在我出生之前，事态并没有再进一步发展。当局在之后的几年中曾经试图呼吁所有会说话的人们学习哑语。为了达到这样的目的，政府甚至在毫无征兆的情况下一夜之间捧红了几位年老力衰资格颇老的哑语教师，并且大肆宣扬聋哑人的生活清净平和，与世无争，是新时代的代表和楷模。当局向人民承诺，凡将自家子女送往聋哑学校学习者，免除义务教育年限内的所有学杂费和书本费，子女们的午饭补贴由政府发放。另外，凡是从聋哑学校毕业准备报考高等学府的学生，每人降低总成绩 100 分录取。为了再鼓励成年人学习哑语，政府规定，所有学习哑语课程的成人，可以在本单位享受额外的津贴，并且在提拔升职的时候优先考虑。

政策推出之后，曾一度引起热潮。有不少父母将自己健全的孩子送入了聋哑学校，和天生就无法听说读的孩子们一起学习千变万化的手势语言。然而一段时间过去，很多父母发现自己原来嘴里呱呱乱叫随处喷射小钢球的孩子竟然变得再也不愿意发出声音，而只是用简短急促的手势在自己面前不知含义的比划。很多去学习哑语的成年人们，会在学习的过程当中不自觉地流下泪来，觉得失去了成为一个人的意义。于是不久之后，反哑语运动兴起了。领头的是第一批感觉到自己儿女变化的心痛父母。

他们在废旧的郊区工厂里集会，用钢板或者铁片遮住自己的嘴部进行强而有力的语言交流。他们在钢珠击打在硬物上的爆裂声中达成了共识，决定掀起这一场革命的大幕。成群结队的人群从四面八方的地区涌来，加入到他们的行列中去。他们举着长长的横幅，在每一个城市每一条街道上游行。面色阴沉的防爆警察密密麻麻地排列在他们所到之处的街道两旁，每个人手里都举着一面十分沉重的防暴盾牌。在多年之后，父亲回忆起这一段往事，仍然会面色激动，十分急促地在纸上写一段字，推到我的面前，用手指对着纸张点一点，让我看。纸上写着：横幅的内容是"即使我们嘴里飞出导弹，也不能失去说话的灵魂"。

反哑语运动很快便被平息了。当局考虑到维持社会稳定的重要性，决定取消一切对学习哑语的鼓励政策，不过并不禁止正常人继续学习哑语。愤怒的革命者们认为自己取得了胜利，在互相拥抱道别之后回到了自己的家中，小心翼翼地重新开启自己孩子的语言天赋。父亲在这个平稳过渡的时间段娶了母亲，两人在安安稳稳地度过了两年半的婚姻生活之后，生下了他们唯一的儿子—我。

在我出生后的几年当中，谁都不认为语言问题会再次恶化了。毕竟语言已经原地踏步了这么多年，而且如钢球一般的质地想来应该也不会再有什么改变，难道人们的嘴里还真的能喷出口径 5.8 毫米的自动步枪子弹不成？舆论和民调均显现出一片乐观祥和的态势。梵蒂冈的教皇甚至主动预言，主对世人的惩罚已经收到了效果，不会再进一步降罪于世人了。整个欧洲、北美洲和南美洲、阿拉伯地区、东南亚、非洲和格陵兰区域都附和了教皇的意见，认为人类的大趋势仍然是安全和发展的，人类语言也不应该会灭亡。虽然我在三岁之前的记忆全部模糊不清，但平缓生活带来的身心体验却一直保留了下来。我依稀能想起幼儿时期某个温暖的午后，父亲推着躺在婴幼儿车里的我，在一条缀满银杏树叶的道路上缓缓前行。视觉画面里有穿着红色小鞋子的脚，挂在婴儿车的边缘一荡一荡。除此之外，便再也没有清晰的图像。身体还残存着一些路面不平把婴儿车颠的一上一下的体感，和头顶上父亲口中仿佛轻轻传来的叹息。

然而教皇的预言，并没有阻挡情况的进一步恶化。事情起源于一个晚间在道路上执法的交警。他在截停一辆歪歪扭扭驾驶的车辆后，请司机熄火下车检测酒精含量。司机推开车门，从车里下来，脸部及口部没有任何的遮挡和隔离网，对着交警不由自主地说："测这个干什么？我他妈又没喝酒！"交警在瞬间被十几个标准魔方大小的正方体铁块撞击在胸口，就像是一辆奔驰中的火车撞上了一只野猫。验尸报告表明，胸腔碎裂、变形，肋骨刺入心脏，当事人在 1 分钟内死去。

自此之后，这样的事件又发生了很多起。大量没有心理准备的平民被亲友的语言方块砸成重伤甚至死亡。电视台和广播电台在这样的形势里不得不再次关闭，因为之前生产的透明细密孔网格已经承受不住这样大质量的语言攻击。电影院、舞台、剧院、学校、包括法院，都进入了无限期的暂停之中。人民们都陷入了恐慌，谁也没有想到事态会发展到这样的地步。当局在情况突变之后明显也慌了手脚，因为此时语言的破坏力已经超越了警察佩戴的武器。

连续不断的犯罪活动在不同的地方兴起。匪徒们运用各种奇思妙想设计的实际情境让警察们不仅大跌眼镜，而且还失去了生命。父亲每天下班回家都会带着一份本地销量最好的报纸，摊在桌子上和我一起阅读。报纸上的噩耗一条接着一天，直到今天，我都难以将这些匪夷所思的新闻从我的记忆中剥离出去。有歹徒用自己狂暴的语言震碎了银行的防弹玻璃窗，逼迫着银行员工将台面上的现钞全部装进其事先准备好的口袋；某辆行驶中的巴士被截停，因为道路当中堆满了巨大的正方形铁块。潜伏在道路两边的路匪洗劫了整车的乘客和司机，并强暴了车上的两位妇女。整张报纸都是这样的新闻，父亲看着看着就不再看了，他沉默地抽出上衣口袋里的一支 Hilton 牌香烟，在年幼的我的注视下吐出一个又一个烟圈。

政府当局没有了别的办法，只得出动了军队。一向训练有素的士兵们在缺失了响亮的口号和报数的状态下依然勇猛，在各个地区剿灭了为非作歹的用语言犯下滔滔罪行的匪徒们。一轮岌岌可危的动荡总算是平息了下去。可是失去了需要语言环境的行业，社会经济开始大幅下滑。财政赤字爆表，平民的收入呈断崖式下跌，只有制造业和粮食行业在维持着正常的运营。一年之后，政府不得不又重新开放了电视台，但是只允许电视台播放舞蹈类节目和无声电影。电台就此取缔了，所有电台主播全部再次失去了工作。舞台和剧场仍然保留，但也是只允许上演舞蹈或者哑剧。只是人们害怕在密集的座位中间会伤到对方或受到伤害，所以每晚表演的上座率都惨不忍睹。

整个社会便这样一瘸一拐地发展着，我在这样失去语言和激情的世界里逐渐长大成人，成为了新一代的"静默者"——这是老一辈人给我们这一代贴上的具有时代烙印的标签。我没有上大学，因为我成长时期的所有大学都失去了传授知识和理念的重要工具——语言和交流。所有的教师都沉默不语，只是在黑板上像捕捉永远也捕捉不到的蝴蝶般不停地写着板书。我在成年后进入了父亲工作的工厂，成为了一名优秀的生产线工人。我爱上了唯一一个愿意和我说话的女孩，当时是在一个 24 小时便利店的柜台，我鬼使神差地对她说，请给我一盒特醇三五。她眼睁睁看着我口中的语言化成一堆铁块砸在她眼前的收银台上，噗嗤一声笑了，说，好的。我的下颚被她嘴里的笑声和"好的"撞得肿了起来，三天之后才消了下去。

　　我们在一年之后结了婚，她很快就有了身孕。预产期之前的几天，她因为腹痛早早地进了医院，却在一阵阵剧烈的疼痛之后并没有分娩。现在的医院将妊娠视为高危手术，因为有大量孕妇在分娩过程当中被自己呼喊的铁块活活砸死。医生和护士在进入手术室前也要全副武装，穿上类似于宇航服般的防护服才能投入工作。预产期过了一个礼拜，我妻子仍然没有分娩的动静。我在病房陪了她几天，没有睡好，白天就显得十分疲惫。午饭后我趁着她睡着了，出了医院的大门，去街对面的咖啡馆买一杯香草拿铁。因为排队的人多，我大概等待了二十分钟才拿到自己的热饮。一边喝着一边走回医院，路过医院门外的一条长街，这才发现原来又是一个银杏树叶铺满街道的季节。

　　不知道我的孩子，还能不能记得在婴儿车边缘晃荡着的自己的小脚，和他父亲轻轻的叹息。

在时空切面中行走的公交车

　　站在公交站台等车的时候，我开始一遍又一遍地观察着周围的一切。

　　这是一个阴暗而又沉闷的城市，所有的楼宇、立交、轨道、广告牌、行道线、车辆、邮局大门、甚至人们身上的穿着，都是毫无生气的哑光黑色。一场突如其来的暴雨从黑色的云层里跃然而下，在彻头彻尾的黑暗中旋转、漂移、碰撞，最终不得不沾染了无法摆脱的墨渍，落在昏沉如海底的城市路面上，被讳莫如深的排水槽捆绑，流向鲶鱼都无法在其中生存的石油色湖泊。

　　我撑着一把巨大的黑色雨伞，站在被漆成深红色的公交站牌下面，有点入神地盯着身旁的红色立柱。二十四节伞骨支撑下的防雨布伞面，被自由落体的黑色雨点敲击得"啪啪"作响。雨水顺着伞面的边缘滑落下来，偶尔会滴在靠近伞下边缘处的左手手背上，于是手背上便会留下一滩漆黑的雨渍。这一根红色的公交站牌柱恐怕是这城市里唯一的一处非灰黑色系的公共设施，不过却无人知道为何独独只有它可以享此殊荣。站牌的两面也被漆成了深红色，黑色的站点名排列在耀眼的红色背景上，恍若噩梦里难以忘怀的情节用黑笔做下的标记。

　　雨下得很大，街道上几乎没有什么行人。身穿黑色雨衣的邮递员骑着一辆黑色的邮政通勤单车，从看上去像柏油全部融化的道路上穿梭而去，只在一片分不出区别的黑色视野里，留下了一连串急促的车轮破水声。车站空荡荡的，正在我以为不会再有别的乘客出现的时候，五个墨黑的人形身影从连成一片的空间里钻了出来，挤到红得令人心惊的公交站牌下面，仰头看着站牌上的站点名称，不再有任何的动弹。

　　我往左边挪了三步，离开他们大约两米的距离，开始在视力受限的滂沱大雨中，观察着这突然出现的几个人。这五个人里，有一个穿着黑色雨衣的老年男子，一张皱纹密布的面孔像皲裂了几个世纪的岩石，中间偏上的部位镶嵌了一双浑浊的眼睛，浮雕一般的鼻梁下是刀刻不深的嘴唇。他没有看到我在看他，只是直直地看着大雨中陡然拔起的立交桥喃喃自语。另外有一对母女，都撑着黑色的雨伞，一眼看去便是做小生意的外地人。

　　母女二人都是发胖的身材，唯独头脸小得出奇，简直就像是两个头部截肢的巨人被换上了两枚霍比特人的脑袋瓜一般。剩下那两人是一对中年夫妻。丈夫手里拎着已经被雨水淋湿染黑的购物袋，和自己妻子一起挤在一把中等大小的雨伞下面。他们互相抱怨着这见鬼的天气，抱怨对方因为和小店老板讨价还价而延误了回家的时间，从而赶上了这一场倾盆而来、如墨如油的暗黑暴雨。他们两人争吵得如此激烈，居然连深红色的公交站牌都未能吸引到他们的注意力。

　　夫妻二人的争吵终于在穿透黑幕、刺破阴暗的公交车车头灯光扫过车站前的地面时完全停止。一辆在黑色的暴雨里明亮得像是一艘从大溪地穿越而来的蓝色潜水艇般的 99 路公交车沿着庞大无比的立交桥下的辅路缓缓进站。车门打开，我收起雨伞，第一个上了车，不经意地一瞥之间发现司机戴着一顶深灰色的棒球帽，脸上架着一副黑框墨镜，面颊上围着一副浅灰色的口罩，穿着藏青色的工作服，手上戴着深蓝色的野外作业手套，将自己完完整整地掩藏在另一个空间之中。

　　我选了最靠近下车门的单人座位，把雨伞斜靠在前排座位侧面，墨汁一般的雨液从伞面上连续不断地滴落下来，渐渐在伞尖处的车厢地面上汇聚成一汪死水。那五个人也陆续地上了车，零零散散地坐在空荡荡的车厢里。公交车关上车门，缓缓地驶离了车站，在看不见车辆和行人的道路上往黑色的最深处前行。巨大的雨刮器在车前挡玻璃上不停地左右摇摆，将黑色的雨水一下一下地分开，抛洒在犹如两柄光剑的车头灯光里，分解成飞舞的蝇虫似的碎片。

坐车的时候，我喜欢看着车窗外，琢磨自己的心事。每当路过鳞次栉比的商业区，看着黑暗冷峻的商铺门头被打磨成磨砂质的熔岩灰色，或者在路过死气沉沉的小学门口，看着一队队背着黑色书包、行走在黑色的斑马线上的行尸走肉般的小学儿童的时候，我都会不自觉地想起雪妮。

雪妮和我生活的地方，是一个色彩斑斓的城市。五月的微风里送来蝴蝶兰和栀子花的香气，满眼都是溶解在气味里的绚烂。我们一次次走在粉砖黛瓦的街道上，挑选着蓝色或者白色门头的铺面。鹅黄色的阳光从肩头滑过头顶，把雪妮白皙的面庞抚摸得十分柔和。深红色的嘴唇开在光与影的转角处，却不能说服我那不是一朵盛开在乳白色土地上的藏地红花。

我们经常谈起将来，以及我们会有的孩子。我们买下了一座拥有古朴校舍的小学附近的房子，每当路过学校门口看见那橘黄色的学校标识符号的时候，我都能想象得出我们的孩子走在明亮晃眼的粉白色人行横道线上，背着葡萄紫色的书包，手里攥着不知从哪里得来的绿色玻璃球，摊开手心，在阳光下是刺目的生命力。

一颗硕大的雨点撞击在车窗玻璃上，发出子弹钻入生铁里的巨大噪音，瞬间将我从痴痴的冥想中惊醒。我不经意地打量了下四周，虽然到处是漆黑的阴影，却仍然能够勉强辨认出这不是 99 路公交车应该行经的道路。不过这样的情况在暴雨天也很常见。有些路段在暴雨中会大量积水，公交车也会根据各地的水量临时做出调整。然而坐在前排的那位身穿黑色雨衣的老人却站起了身子，对着一直沉默不语的公交车司机吼道："你要把我们带到哪里去？！"

公交车司机并没有回答他的问题，只是用手指了指前方，又指了指老人的座位，示意老人坐下，便没有了任何的回应。那对母女有些紧张地看着老人，生怕他又像犯了病似的对着司机大吼大叫。夫妻二人什么都不关心，只是用口袋里掏出来的面巾纸不停地擦拭着被雨水染黑的衣服和购物袋。老人停了一会儿，又继续对着司机大声吼道："你要把我们带到哪里去？！"

就这样反复了好几次，当老人第七次大声朝着司机吼叫的时候，那一对夫妻也停止了擦拭，被老人的声音吸引，他们居然开始望着窗外的景象呆呆地出了神。我此时也是疑惑地盯着窗外，被眼前所见扰乱了心智。

暴雨不知在何时已经停了。不过车窗外完全没有一点点的灯光。本来无论这城市是如何的阴暗逼仄，99 路公交车所经历的路线是这城市主干道交汇的区域。即便是在天色昏暗的雨天，也不可能完全没有路灯和城市里生活灯光的踪迹。然而这无穷无尽的黑暗，宛如一个倒扣过来的罐头，将我们和这一列公交紧密严实地封闭在其中。我甚至都听不见公交车本身的发动机声和车轮碾过碎石子路的"噼啪"声。公交车周围没有车、没有人、没有光、没有声，我们仿佛是在地底行驶的专列，兀自向着地心深处孜孜不倦地奔跑。

车上的其他乘客此时也恐慌起来，纷纷效仿那雨衣老人的样子，开始对着司机大声吼叫。雨衣老人此时却像是明白了什么一样，坐在位子上一言不发，慌乱的眼神合着颤抖的身体，在乱成一团的车厢内部又开始喃喃自语。

我从位子上站起来，向司机走去。这个时候总得有个人站出来，弄清楚事情的真相。

越过只知道吱哇乱叫的诡异母女和吓得六神无主的猥琐夫妻，迈过雨衣老人直挺挺伸出位子外的双腿，我不禁又看了一眼老人的五官。这容貌往我的脑海中投下去一颗石子，在深不见底的神经元里激起了一连串生物电的火花。我隐约觉得这张脸似曾相识，却又无法将它的重要性与脑袋里若隐若现的线索衔接在一起。雨衣老人打着哆嗦，看着我的时候瞳孔陡然收缩，他张开嘴，想说些什么，然而那中气十足的声音却迟迟都没有从喉咙里攀爬出来。老人就这样惊恐地看着我，左手抚在胸口，一动不动。

　　我并没有深究他这样举止的含义，毕竟此时最重要的是揪住司机的领子让他告诉我们这一切的真相。当我距离司机只有一个手臂的距离的时候，身后的母女和夫妻却齐齐地发出了来源于灵魂深处的恐惧叫喊。我抬起头，只见迎面而来另一辆公交车，闪亮的车头灯刺入我们的车厢，在我们的脸上凄厉地劈砍。我下意识地抱住自己的头部，第一时间蹲了下去，肌肉紧紧地绷在一起，等待着两辆大车迎头相撞而来的震荡。

　　然而，这预期中的震荡和破碎却并没有到来。

　　我缓缓地松开双手，期待着见到其他吓得抱作一团的乘客，却什么都没有看见。我茫然地站起来，发现自己仍然在那辆蓝色的 99 路公交车上，只是默不作声的司机、惊惧惶恐的老人、奇形怪状的母女、市井猥琐的夫妻，全部都不见了踪影。车辆并没有损坏的痕迹，两柄直直射入黑暗的车头灯依然斜斜地坠在地上。

　　我想起了雨衣老人看我的眼神，莫名的有一种不可言说的意味。坐到了驾驶席上，踩住离合，将公交车的长柄档把换到一档，缓缓地驾驶着公交车继续往前行驶。深暗的环境里只有强烈的车头灯照亮着前方，我不知道还要像这样驾驶多久才能浮现处支离破碎的线索。又一辆蓝色的公交车突然出现在视野里，正对着我迎面撞来。我睁大了眼睛看着对面的公交，车头右前方是大大的"99"路字样，驾驶席里坐着一个头戴棒球帽，脸上架着墨镜和口罩的阴沉司机。

　　车头接触的那一个刹那，眼睛里看到的是水波纹一样的涟漪在眼前一圈一圈地传递出去。两辆迎面碰撞的巴士仿佛是两层水面中的镜像，却在水纹与水纹接触的瞬间进入了另一个次元。我甚至都不用再继续踩踏油门，任凭这辆巴士在不断蠕动的时空切面中行走。有那么一个时点，我觉得这辆巴士已经成为了这个还在成长中的时空切面的一部分，和这个次元以相同的节奏和频率共同成长。

在巨大的时空切面的断层，可以看到无数个我。

我出生了，这个时点之后又出现了无数个我，有的我死在了襁褓里，有的没能活着离开育婴房，有的我健康地活了下来，在那之后，又出现了无数个我。我在安第斯山脉的攀登活动中获得了头名，另一个我却惨死在山脚下喜怒无常的雪崩之中；我在常春藤联盟的高校中度过了漫长的学术生涯，另一个我却混迹街头，以毒品和皮条生意猥琐度日。我在无数个我当中寻找，却一直未能寻找到那个和雪妮一起生活在另一个城市中的我。那个我是独一无二的我，也是现在、当下、目前，在时空虫洞里穿梭的我。

切面的断层一直在延伸，每一次蠕动都会衍生出无穷无尽的开始和结局。我将将行驶到隧道的边缘，另一辆99路公交车从不知道哪里而来的另一个入口冲了进来，停在我的身侧。我想踩住刹车，无奈刹车还是油门都毫无用处。旁边车里的司机打开了车门，纵身一跃，跳到了我的车厢里，身体像被手指拂过的水面，又或许是空气里无线电波的轨迹。

他摘下了墨镜，拿下了口罩，脱掉帽子，我眼睁睁看着另一个我站在自己的眼前。他深深地看着我的双眼，脱下了工作服扔给我，并把帽子，墨镜，口罩统统塞给了我，说："快去，独一无二的我，去挽救你和雪妮的生活。快！"

我戴上帽子，架上墨镜，穿上工作服，在用口罩遮住口鼻之前对他说："那你呢？"另一个我笑了，说："无数个我在这时空虫洞里穿梭，在这多维度的空间里逡巡，我们就是为了找到你，告诉你正确的方向，告诉你应该做的事，让你去找回无数个我都无法经历的那一段独一无二的生活。这里是你的战场，我以及无数个我都只是你的助手，你的后盾，你的佣兵。

多维时空在卷曲中经常断裂，所以我和其他的我才得以从断面中逃离出来，从我的生活历程中逃离出来，来帮助唯一需要帮助的我，也就是你。所以，去吧，我，朝着十维空间的方向，就是切面后的那一个无尽的黑洞。那是所有事物的起点，所有事物的历程，所有事物的终点。那个看上去平平无奇的奇点包含了一切的一切，那里才是独一无二的我找回所有失去过往的目的地。"

我冷冷地看着他，脑中那一直若隐若现的线索此时终于像浮出水面的亚特兰蒂斯大陆般轰然崛起。我又想到了那个雨衣老人看着我的眼神。他终归是看到了维度的碾压。

我终于戴上了口罩。此时不断蠕动的时空切面也停止了运动，它发出了最后的光，犹如云层后暗流涌动的黑色的光。

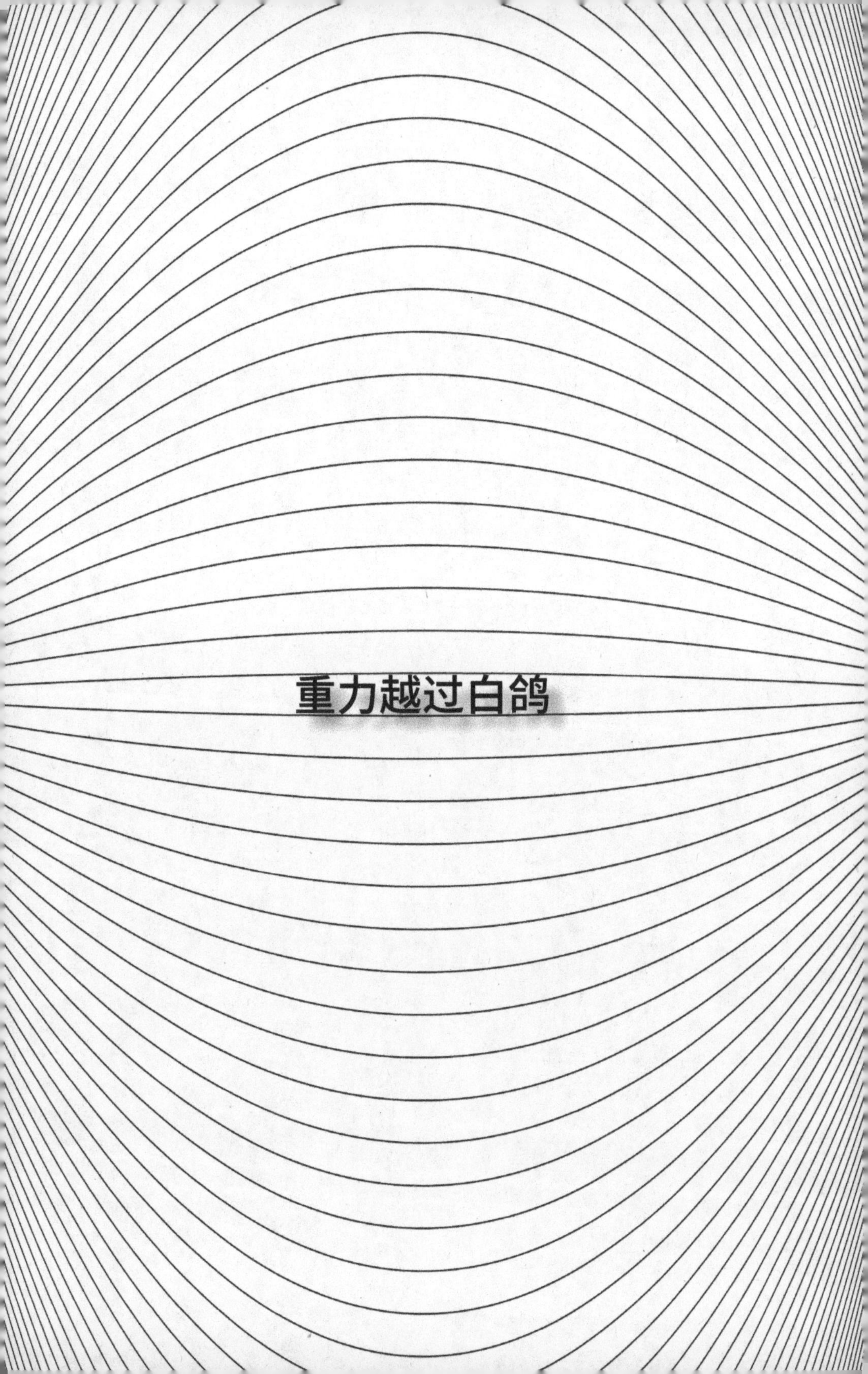
重力越过白鸽

前人们的身影还没有在这条长街上消失殆尽，街上的情况便已经有了十分明显的变化。

我甚至不敢抬头，只是用帽子遮挡住视线，在看上去也许会有人骑着中古时的战马出没在熙熙攘攘的人群中的异常光滑的石板路上埋头行走。人与人经常在拥挤的街道上互相撞击，发出沉闷的"砰砰"的声音，像是不知从新生代的哪个纪里死而复生的巨猿在用超出身长两三倍的石锤敲打着混凝土铸成的身躯。

"没用的，我可是钢筋水泥堆砌而成的哦"，人们微笑着对巨猿说。

果然古早的经验已经无法适用现在这充满了电磁波和暗物质的世界。眼看着人们在狭长的街道上碰撞出火星，悠闲地站在路边抽烟的警察却熟视无睹，这样的冲突已然不值一哂，被武装成人形装甲的暴力机关需要解决的是树上的猫咪该如何解救以及破裂的水管该在何时抢修这样的温和的矛盾。

不时地有各样的异象出现在街头，比如循规蹈矩的车辆洪流中突然窜出来一匹浑身散发着极乐净土气息的闪光独角兽、排着队放学回家的小学生队伍中蓦然生长出高耸入云的豆荚树、或者是被漆成醒目艳红色的消防栓逐渐枯萎沉沦、化作蹲守在路边的黑色幽灵这样的层出不穷的诡异事件。

每一刻都有引人注目的新闻昭示着这样的世界已经完全失控，可人们依然聚集在街头乐此不疲。游行队伍的标语解释了这看似毫无道理的现象："是啊，我们都是乌合之众，我们需要聚集在一起从而获得彼此的愚蠢和盲目的勇气，就在这条街上，彼此互相能够看见，撞击，便给了我们生存下去的希望和自信。"

每次出门我都禁不住地浑身颤抖。没有办法，谁让我是这样的敏感且懦弱。

我不敢目睹撞击得火星四溅的人群、不敢直视四处践踏的独角兽、不敢触摸无缘无故便拔地而起的豆荚树、甚至不敢向路边形同史前巨兽般的警察投诉任何的事故。我只是一个用全身的衣物和帽子遮掩住自己情感和恐惧的夜行动物，即便是在明亮的午后的充满了阳光和正义的环境中的我，依然是不相信有白昼的黑夜的膜拜者。也许我和路边期待着流离失所的人们误入他们怀抱的黑暗、邪恶的消防栓是一丘之貉，谁知道呢，我看上去和它们一样，都是地底的来客。

唯一可以包容我的人、我唯一可以袒露心声并对其毫无恐惧感和羞耻感的朋友，在很多年以前，被自己星球的飞船接走了。我曾拉住她的手，恳求她不要离开，否则我可能会无法在这个世界上继续生活下去。"不要紧的，没有人会伤害你，这一切都只是你的想象罢了"，她认真地对我说，而我，真的要回到自己的星球去了，不然，她指了指自己的心口，这里的能源都会耗尽，在这里可没法补充我的能量哟。

她走了之后，我有很长一段时间都沉睡在自己的洞穴中无法接受这样的现实。

我的洞穴在一座差不多有两个光年那么高的望不到尽头的巨大到已经无法用言语形容的植物之中。它每天都在生长，以至于它身上装载了无数个生命的无数个洞穴每天也在不断的变化之中。洞穴是她帮我找到的，我自己又哪里有寻找这样重要的栖息地的能力呢。

"以后就住在这里吧"，她说，"你看这洞穴里，有现成的书架、餐桌、吧台的哟。"

从洞口可以望见远处漂浮在大气层外的陨石的碎片以及错综复杂的卫星网

络，在这里生活，远离地面的那个世界，对我来说倒真的是一个不错的选择。我在洞穴的书架上摆满了翻开一页即知道灵魂紊乱的书籍，在餐桌上铺了一层蓝绿两色的桌布，宽敞的吧台上是切柠檬用的原木砧板，和永远也喝不醉的龙舌兰。

然而，这样的布置在每天的变化当中都会发生遗失和错漏。

洞穴会隔三差五地吞吃掉我书架里的小说及诗歌，然后衍生出新一排的书架来。我并不介意这样的交换，毕竟在我数不清数目的纸质书籍全部被读完之前，我可能已经在这个洞穴里化为枯骨。有朝一日，这洞穴哪怕就是把我给吞吃了，我也不会感到惊讶，相反，如果能够成为它往星系边缘成长的一部分，我应该会觉得是一种无上的荣光。餐桌本来就是洞穴的一部分，它在某一天的某一个时间段中可能会不喜欢桌布的颜色，从而勃然大怒，从墙壁上伸出一双仿佛来自于另一个次元的可怖的臂膀，将桌布和餐桌同时撕成碎片。然而我并不需要打扫残局，因为所有破碎的能量和物质统统会被洞穴完整的吸收，并在第二天的早上重新诞生出新的餐桌来。

值得庆幸的是，洞穴本身对我仿佛并不反感，不然我恐怕早已经被不知何时会出现的巨大臂膀捏成粉末。只是有那么一个晚上，我一连喝掉了两大瓶泛着金色泡沫的龙舌兰酒，酒精灼烧着我的神经和理智。我用切割柠檬的刀具划伤了沉睡的洞穴的墙壁，它像吐出口中的杂质一样将我吐了出去，我漂浮在距离地面大约一个光年的天空之中，直到酒醒了以后，才抛出随身携带的套索，挂住了洞穴里的凸起物，将自己重新拉回洞穴。从那之后，我不敢再喝多，取而代之的是在心情沉闷的夜晚，斜着身子靠在洞口，看着几百万年前小熊星座跋涉而来的影像，一根接一根地抽完一包特醇三五香烟。

在没有她的很长一段时间里，我就是这样蜷缩在连邻居都相隔数万千米的洞穴之中，逐渐忘却有她的时光。这样的努力往往尽是徒然，偶尔一个安静的连分贝都不会惊扰的思绪，却能勾连起等同于一枚黑洞坍塌那样能量巨大的无法停止的回忆。不过当我在这个洞穴里度过了难以计日的岁月之后，到底有多少个年头呢，我也并不清楚，只知道我那数量庞大的摆放在书架上的书籍已经基本被吞食一空。

洞穴与我刚入住的时候相比已经没有任何相似之处。比之前庞大了数千万倍的容积让我感到了另一种恐慌，我意识到，我应该下去了，即便地面上已经布满了绝望的尸体和堕落的灵魂，我也应该下去了，这里毕竟不是我的归宿。打定主意之后，我不再有任何的迟疑，将行李打包，带了几本随身阅读的小说，我便提着行李箱，从早已深入到星系中部的植物上一跃而下。洞外没有重力，我也许只能在余生中与漂浮的陨石碎片一起流浪在这一片无人理解的空间之中。

"可能吧"，我对自己说，不过已经没有任何眷恋的我是不是有这样的下场会比较合适呢，谁又能知道。我脑海中浮现出很久很久以前在地面上生活时，身边那些结实而愚蠢的人们，总是对各种各样的事件有着绝对而不容置疑的定论，实在是太可怕了，我在逐渐分离的意识中模模糊糊地思考。一些不明质地的陨石碎片往我身边聚集而来，它们在这么孤独的旋转之中也是渴望伙伴与知己的吧。我琢磨着在下一个十年之中，也许可以触摸到身边所有的陨石碎片和爆炸的残骸，与它们一起被离子风暴的余势推挤，去往生死不明的黑暗空间。

没有生活在这里的人们，无法想象这个环境里的局势。习惯了被闹钟唤醒的地面上的人们，不可能理解与暗物质和黑子耀斑玩耍的我。我不需要在睡眼惺忪的时候起床出门，也不需要在充满猜疑和防备的人与人的宴席里察言观色。我只需要握着我的行李箱的把手，日复一日地抚摸时而冰冷、时而灼热的残骸的躯体，有时候几千光年外的某颗恒星坍塌了，我便能在不停移动的光幕下持续数年地欣赏这一美妙无比的宇宙黄昏。会赶觉到饥饿，毕竟这样的空间里没有速食店和膨化食品，不过我并不沮丧，很久没有消化过一粒稻米或者麦粒的胃部已经忘记了自己的存在，从而在漫长的无处声张的历史中陷入了沉睡。

　　偶尔会觉得过于安静了，从来不会听到任何的声响，即便我想自己哼一哼维瓦尔第的乐章，也只能在脑袋瓜里想象失去的音符。这该如何是好，虽然行李箱的把手撞击在陨石碎片上可以略微地发出呈下坠曲线散落的声波，可那怎能满足好几个世纪没有被钢弦撞击发出的清音所侵略过的耳膜。我忽然觉得这样的日子也未必是如想象中那样的好，至少我可以在地面上听着管弦乐队的演奏，吃着随手可得的流露出文化和历史情结的食物。这样的情绪很快就让我陷入了痛苦和悲哀的境地，想着自己也许再也不会回到地面，再也无法咀嚼在齿缝里消亡的纤维，再也无法听闻 G 弦上撕裂开的咏叹调，我便越来越觉得身边的残骸丑陋而绝望。

　　在这样的时刻，原本已经遗忘到不可返回的如丢弃的记事本一般的回忆，居然又重新浮现在眼前。果然她在我的生活中已经镌刻下了无法磨灭的痕迹。我已经忘记了她的长相，忘记了她的名字，忘记了她与我在一起的时候的所有的细节，但是她却仿佛成为了一个永远也不会逝去的符号，存活在我的肉体上、我的神经元里、我的一呼一吸之中。如果她可以是一块刺青，那么也许连我的毛孔都被图腾。

　　我要回到地面上，即便她不会再回来找我，事实上也许等她从自己的星球上返程的时候，那片她所熟知的地面可能已经全部荒芜。即便如此，我也要返回地面，等待着她某一天也许会奇迹般地出现在满地奔跑的迅猛龙之中，向我挥手致意。我们都知道这样的场景也许不会出现，但是我依然有着自己的坚持，不知是谁向我灌输了要为待返之人准备好归来的巢穴这样的观念，总之我笃信不疑。她在离开之前为我挑选了安身之地，我也不能在她也许只有万分之一可能性归来的这个事件上掉了链子。

　　所以，我现在迫切需要的是——重力的指引。

重力这样的存在，当我在地面生活的时候，恐怕对所有人来说，都只是一个物理公式"G=mg"的概念。谁会花时间去揣摩无处不在的东西，我听说在遥远的地方甚至有人开发了庞大的从脚底生风将人或物托起的系统设备，意欲摆脱重力对人类的束缚。更有大胆的影视剧导演擅自将影片的主角安排到了人类倍感亲切的火星之上，使得大部分的观众在主人公摆脱了地面 1 个 g 的重力系数从而可以充分享受充满异域风情的星球上数十分之一个 g 的重力加速度的时候热泪盈眶。

是的，在地面上生活的人们根本无法喜欢重力，正如没有一只青蛙喜欢被捆绑着沉重的铅块在水面上弹跳一样。被妖魔化的巫师以及装模作样生活在中世纪古堡里的法师阶层倒是经常用匪夷所思的咒语和法器将重力玩弄于鼓掌之中，但我从未听说可以有法术或者咒语在没有"g"的情况下凭空将其召唤而来，可能他们听到这样的想法也会轻蔑地对此嗤之以鼻：朋友，我们只是生活在地面上玩弄大宇宙规则的旁枝末节的初学者或者学徒而已，至于创造规则这样的伟业，那可是造物主的事情。所以我在与陨石残骸一同漂往不知名的空间漩涡的途中的时候，便一直在思考该如何让我自身产生哪怕只有零点零几个 g 的重力加速度，巫师和法师做不到的事情要自己去琢磨，我在这个事件之中是造物主的角色。

手边除了偌大的、无用的、不明质地的碎片，我唯一拥有并掌控的，就是一直握在手中的拉杆箱。深思熟虑在此时已经完全失去了作用，迸发灵感冲动的随机行为也许才是摆脱困境的正确选择。我毫不犹豫地打开了箱子，一件一件物品从箱子里有条不紊、好整以暇地飞了出来。

有几本鲜为人知的小说、一把深黑色的折叠雨伞、几条撕掉了铭牌和标签的内裤、一把快要报废的牙刷、以及一罐已经过期好几个世纪的口气清新剂。这是她上飞船之前留给我的唯一的纪念品，我还记得她把这一罐气态和液态的混合物塞进我手里的时候，有些羞赧地跟我说，这东西带不上飞船，留给你吧，也许能用的着。我伸出手，在没有情绪波动的空间里紧紧地握住了口气清新剂。书本和雨伞吸附在了与我失去了热情的残骸上，并且在以越来越快的速度远离了我的身体。也许以后出现在地面上的降临者或者与我一样的归来者，可以将原本属于我的物品原封不动地带回地面并交还到我手中吧。

我在孤寂无边的空间里看到了小熊星座和木卫二的阴影，通过在心里计算二者的夹角与地面的三维关系，得以在不到一年的时间中准确定位了地面的方向。说来也是侥幸，在洞穴里生活的漫长的时光当中，我阅读了大量的应用数学与天体物理学的书籍，如果不是洞穴本身将我尚未涉猎到的量子物理学和虫洞理论方面的著作先一步吞吃了的话，也许我在半年之内便可以心算出一个更加快捷的通道也说不定。

要回去了，我说，实际上我根本听不到自己的声音。食指弯曲，遭到阻碍，继续用力，障碍物持续屈服，终于"噗嗤"一声，如果我能听到的话，我想应该是"噗嗤"这样的声音吧，也有可能不是，而是"噗嘶"之类的。对着空间里某一个吊诡的角度喷出了口气清洗剂里的液体，我期待着身体可以往既定方向的轨道移动。整个情况大概停顿了零点零一秒，大量分泌肾上腺素的我觉得一切都缓慢到了大脑的神经元已经停止去思考是不是缓慢了这样的事情的地步。

然而，零点零一秒之后，那喷出去的少量的气化了的液体，仿佛是对地面重力的一次亘古未有却又令其苦苦等待了数亿个纪元的召唤、是它逃离地面束缚可以自由在外部空间驰骋的反咒语、是它自出生之始便被创造它的人告知必须在出现后的第一时间里赶到现场的旗帜。空间被撞碎了，时间的维度也发生了轻微的扭曲，我甚至看到了倒退数百年前时这里的样子，虽然与现在并没有太大的区别。重力加速度 g，我等待了多时的援军，确实是在信号过后的第一时间里赶到了信号的发生地。庞大到不可思议的能量还未来得及随着它穿越时空维度来到这里，它便毫不客气地将我重重捆绑，在紧接着的下一个时间刻度里把我抽离出了这片让我至今都有些怀念的空间。

在折叠的时空曲面上滑行的时候，我的衣服着火了，不过 g 根本不管这些，它只是极度欢快地在我无法理解的平面及点和点之间跳跃。古老而又富有沉淀的地面上的主宰者，在被解放了亿万年来的束缚及限制之后，仍然在比它更加古老而内蕴的地外空间中表现得像一个无知无畏的幼童。我可以体会到它沉重而结实的身体里肆虐着从所未有的兴奋和激动，尽管它在归途中好几次迷失了方向并出格得妄想扭转时空而被大规则狠狠地施以惩戒，使得我和它几乎不能平安无事地回到地面，可我仍然没有对它心生抱怨。我理解那样没有期限的束缚和枷锁会给一个生命或者非生命的介质带来怎样的困扰和委屈，正如我在洞穴里隐居的那几个世纪给自己带来的心理阴影一样。

进入大气层以后，g 恢复了之前的沉稳和厚重，不再像个没见过世面的孩子似地左冲右突，甚至略微有些伤感。我很想摸摸它的头告诉它也许不久之后我还会回到能看见小熊星座的那个洞穴里去，不需要多久，它还是会有去那一片未知领域的机会。不过我并没有能够做出这番体贴的安慰便如一颗从天而降的人形炮弹一般重重地坠落在城市与人群的中心。与我一同坠落的有一个从五十四层高楼上自杀堕楼的女人和十几只在城市的楼宇间盘旋的信鸽。

女人在触碰到地面之前和我做了简短的交流，使我得知她是因为被情人背叛痛不欲生才出此下策，只是家里还有一只无人照顾的拉布那多幼犬甚为牵挂。信鸽被我和她坠落的气流牵连，卷入了这一场有史以来时间最短的空中谈话。我身上什么也没有了，全部在进入大气层时焚烧殆尽。她从衣兜里掏出来一支钢笔递给我，我把她的地址记在了鸽子白色的羽毛上，她对我笑了笑，可能想说声谢谢，然而在下一秒便在我眼前摔得四分五裂。我奇迹般地没有任何损伤，我知道是 g 保全了我的身体。行人们并没有对我做出任何异样的表情，这么多年来他们已经看惯了从天而降下来的任何物体，即便一个浑身赤裸的男人毫发无伤地从小熊星座坠落而来，在他们看来也许都已经是每天再平常不过的日常琐事罢了。

我感觉不到 g 了，在地面上 g 仿佛融入了大海，每一个角落里、每一粒空气中都有它的痕迹，然而这些都不是它，只不过是它肢体的延伸而已。我捡起了鸽子的尸体，将钢笔还给了四分五裂的女人，我要去鸽子身上的地址，找到那只失去了主人的小拉布那多。沿途询问了很多路人，所有人都惊讶于为何我会想去那样一个地方。有一位出言不讳的中年妇女上下打量了几遍赤裸的我，毫不隐晦地对我说，那是城市里唯一的红灯区，并不是一个像我这样崇尚身体自由的高雅的内省主义者应该去的地方。

内省主义者，原来这个城市里所有裸体行走的人士都是社会认可的内省主义者了吗，真是荒谬。我无意与她理论，在问清楚方位之后光着脚在冰冷的大理石路面上奔跑了将近二十分钟，终于抵达了鸽子身上记录下来的地方。一排一排两层的、看上去即将分崩离析的、砖木结构的建筑从东往西像停不下来的轨道一样铺展过去。墙壁的一侧是粉红色或者深紫色的发光广告牌，三三两两的只穿着内衣的男男女女站在建筑物之间的巷子里，打量着一直被误以为是内省主义者的我。

"嘿，不收你钱"，她们之中有人这么对我喊着，我循声望过去，说话的是一个大概二十一二岁的女孩，也可能二十三四岁，谁知道呢。我走过去，把鸽子身上的地址给她看，问她知不知道这个房间在哪里。

她不回答我的问题，只是看着我，两只手绕着自己的头发。我又问了她一遍，她还是不说话，只是用膝盖顶住了我的阴茎，我的阴茎瞬间肿胀起来，弹开她的膝盖，顶住了她的小腹。

"现在可以带我去了吗"，我说。

"可以了，现在可以了"，女孩笑起来，伸出左手握住我的阴茎，像握住了情人的手。

"跟我来，那个房间就在那里"，她突然热情地像一个爱吃糖果的尼泊尔儿童。

房间确实不远，就在两个街区外的一楼朝北方向的一个角落里。门锁着，从布满铁锈的窗户外的铁栅栏看进去，床上有一只白色的、娇小的、无辜的幼犬。

我要进去把它抱出来，我对那女孩说。我可没有钥匙，她握住我阴茎的手突然用力捏了一下。好吧，我往后退了几步，她也跟我一起往后退，毕竟她就是不肯松开她的手。我起跑，跳起来，踹那扇看起来非常不结实的木门，她也和我一起助跑，起跳，反复了几次，木门被我踹开了。她微微喘着气，把我拖到床上，说，你要求我做的，我都做到了，现在是付报酬的时候了。

她说的有道理。

我把看上去不知道发生了什么事情的小拉布那多犬抱到了窗户边的桌子上，女孩迫不及待地把她手中紧握着的、一直充血的、我的生殖器塞进了她自己湿润的下体。这种感觉很难用言语描述，我见识过长度数光年的诡异植物往星系内不停地生长，体会过在深邃无比的巨大洞穴里独自生活，经历了从未知空间往地面坠落这一亘古未有的奇迹般的过程，但我此时发自内心和灵魂深处的认为，这些真的都比不上从人类历史开端到让我不能理解的如今，同样结构的雄性生殖器进入到同样结构的雌性生殖器里的肌肤与神经之间的不可超越的触感。

潮湿、温暖、促狭的空间里有我永远无法理解的深邃和向往，这不是小熊星座可以比拟的，不是木星光环可以描述的，我只能尽自己最大的力量和速度不停地在其中探索。女孩子的脚在我的臀部和大腿根之间游移，我看不见她的脸，她把脸转了过去，整个陷进了枕头之中，我只能看见她张大了嘴，却发不出哪怕一个分贝的声音。

洞穴里不分昼夜地漫长生活给了我无穷无尽的精力去刺穿她的虚伪和做作，直到她每一寸肌肤每一粒毛孔都呈现出原始的、不加遮掩的颤栗和痉挛。她终于叫出了声来，是维瓦尔第的音符，是瓦格纳的序曲，是我在脑中想象的所有应该发出它们本来就应该发出那样的声音的声音。

"是你吗"，我问她，"你回来了吗。"

她的指甲在我的后背挠出了鲜血，她的头发散乱，遮住了自己的脸。

"是我，我回来了。"

在长廊中行走

一、洞穴与花朵

当我可以摆脱酒精和烟草的束缚，在足够清醒的间隙用看上去完好无损实际上内部组织已经千疮百孔的肺叶和肝脏过滤空气和血液，在下一秒充足的养分和氧份渗入身体和精神的深处，调动早已经不知道被我自身的防御和抵抗机制摧毁后抛洒到脑垂体的哪个根本无从知晓的角落里的记忆的时候，我终于可以鼓起勇气，在手中没有一杯龙舌兰的情况下，和别人说一说关于我对那个洞穴的恐惧。

恐惧伴随我一生，从初生后睁开双眼目睹难以描述的形状和符号导致心理发展的三角化和硬质化开始，一直到昨天深夜我醉倒在汽车站后面的小巷子里，手掌无意中触碰到肮脏的垃圾桶边的墙壁而留下暧昧莫名的指纹，使我深深地陷入了追踪和谋杀的情绪，虽然我并不知道这情绪究竟来源于何处。然而这些都无法与我对那个洞穴的恐惧相提并论，抽一根烟的工夫不足以让我解释清楚这其中的区别，但我仍然坚持要点一根烟，并咬去它的过滤嘴，不可以让焦油和尼古丁被海绵夺去生命，它们被赋予了侵蚀人类口腔、呼吸道和肺部的权利，那么我便愿用自己的生命誓死捍卫它权利的履行和声张。

我常常劝诫众人，不要靠近那个洞穴，更遑论进入其中。然而洞穴本身仿佛散发着一种让人无法抵御的魔力，无尽荒漠中诞生的匪夷所思的罂粟。我常常在空气中搜寻它的气味，是福尔马林、次氯酸钠和双氧水的味道。有那么一段时间我就蹲守在洞穴的入口处，如同蹲守在北美麦田里的守望者。

我拦住每一个要进去的人，向他们出示洞穴里发生的大量凄厉悲惨的故事的证据，然而人们根本不屑一顾，对他们来说，进入洞穴本身就是一件具有象征意义和时间刻度意味的仪式，是一种在不能随意拔枪对决的年代唯一可以满足他们对火药和硫磺气味的向往和膜拜，一个穿着深色外套的男人推开我横在他身前的手臂，漫不经心地对我说，谁会在乎子弹穿过的是怎样的一段枪管？子弹只有在击穿大腿骨的时候才是一枚真正的子弹，不然就只是一个小男孩手中的烟火罢了。很快我便放弃了，颓丧地坐在洞穴的下风处，只希望我抽出来的烟灰不要被风吹进那个深不可测的洞穴里去。

烟草总是让我在痛苦的时候异常清醒，不过酒精却能给我短暂的睡眠和安宁。在梦中，洞穴从来没有出现过，虽然我已经完全不记得梦的内容，但是"洞穴并没有出现"这一信念不知为何却坚定无比。平躺下来，身下的垫子和地板已经先我一步进入了睡眠，我试图和距离不远的桌椅以及木窗再聊几句，得到的却是否定的回复，该入睡了，请保持安静，你会吵醒地板的。

我不得已放弃了自己睡前聊天的兴趣，实际上我总是不断地向它们妥协。万幸的是，天花板上吊顶之中的那个国度并没有沉睡，我记不清自己是在何时发现了那个存在于天花板上的国家，印象中仿佛自一出生开始它们便没有离开过我，尽管我换了好几处房子，游历了大量的城市，它们仍然会出现在每一次我入睡之前。书籍和糖果显然是他们最喜欢的礼物，我送给他们不少，不知道他们把这些东西藏在什么地方，任何物体都没有停留在天花板的表面。整洁是最重要的，他们之中有人曾经这么对我说过。我笑着用手指指着空无一物的天花板，和不知藏匿在何处的人们进行着睡前的交谈，最后我实在是睁不开眼睛了，他们便从天花板上放下扶梯，让我在彻底晕厥之前站在了无处着力的梯子上。

睁开眼，依然是这间来过了无数次的、弥漫着薄荷水烟和酒瓶口蜂蜜气味的酒吧。我不慌张，情绪在坠入的过程中仿佛被另外一个人的肺叶过滤掉了，如同我的肺叶过滤掉焦油和尼古丁那样。眼睛没有任何不适，晶体湿润，嘴唇略微发干，四肢并无抖动症状，脏器正常，困扰我许久的支气管扩张而导致的胸部隐痛不翼而飞，阴囊饱胀，须发柔软蓬松，血液循环加快，大脑供氧充足，我喜欢这样的自己，总好过总是颓丧妥协的现实。我明白为什么每次我都会来到这里，真正的原因不言而喻。

　　我的左手边是一面镶嵌在墙上的镜子，镜子的边缘一直在流淌红色的液体，液体并不向下方滴落，相反它们集结起来，鼓足力气往四面八方喷射，落在墙上、吧台上、水池里、灯管上、甚至是客人的杯子里，但没有人介意，这情景如同鲇鱼穿过死海一般静谧深沉，而又平凡无比。真正让我在意的是镜子中的我自己。我穿着一件意味深长的衣服，看不出是什么质地，也无法分辨它的颜色，它就像一个不断流动的生物体在有限的流域内不停游弋。

　　这件衣服没有头与尾，没有表与里，它不是一个转动的齿轮，也不是一群转动的齿轮，被刻度化和符号化的道具无法描述这样的存在。它的旋转和流动是涵盖了所有角度和所有缝隙的运动，所以对它来说角度和缝隙是不存在的，我很难适应这种存续感，因为这样流动的存续甚至超越了三维空间中时间和空间的分工，相对静止的空间和节点清晰的时间已经不能完全将这件衣服的形态真实地表现出来，我感到困惑，亦觉得有一种莫名的兴奋，我需要一杯酒，现在就要。

　　站在吧台里的男人递了一杯龙舌兰给我，他的手掌宽大、干燥、稳定、指关节突出，一盎司容量的酒杯是从这片土地里生长出来的月季花，我接过酒杯，折断了这一支花朵，把酒倒入口中，月季的生殖器在我嘴里碰撞、碎裂，经过幽深的咽喉，持续地在消化道中绽放。

　　之后他的手掌里又开出了很多支这样的花朵，我将它们一一折断，吞咽着它们的生殖器，酒精还没有进入血液就在消化道里消亡了，胃部顶端的贲门联接的是一处我对其毫不了解的空间，月季的生殖器被倾倒在那里，那里遍地都是枯萎的酒精。一只雷鸟从我眼前飞过去，是酒杯里逃逸出去的致幻，却没能逃过吧台后面那个男人的食欲。

那是一个长得极为精致得体的男人，精心修剪过的头发软软地服帖在鬓角和额头，高高探出的鼻梁在第一时间就确定了自己的嘴唇和雷鸟之间的距离，他张口咬住了雷鸟的翅膀，在它还没来得及挣扎之前就嚼碎了它的骨骼吞噬了它的羽毛，雷鸟的头露在他的嘴唇之外，想张开坚硬的鸟喙发出哀鸣寻求我最后的怜悯和宽恕，在下一个刹那就被男人吸入口中成为了他酒醉后狂乱的一部分。我从男人手中抢过酒瓶，给自己倒了一杯龙舌兰，男人伸过他宽大坚定的手掌阻止了我。

"你不能再喝了"，他说。

我看着他的眼睛，记忆中我应该无数次看过这双眼睛，可记忆只能给我记忆的印象，我无法回想起曾经在哪里见过这一双眼睛，这双眼睛里饱含了对生命的渴望和痛苦的哀求，深沉的瞳孔无法承受这样的情感，取而代之的仅仅是一层戏谑的颜色。宽大而坚定的手掌在握住我的手的时候开始颤抖，这频率是如此熟悉，每一次律动都是手掌之间的舞蹈。

"你为什么要这么做"，他问我。

我喝多了，看到了他胸膛下方深不见底的洞穴。

洞穴。

这该死的洞穴终于在我的梦中出现了。

我惊慌地松开了手，龙舌兰从我和他的掌控中蹦跳出来，是一只雪兔，是一只白鸽。墙壁开始融化，音乐和气味躲进角落，女人出现了，我有预感她会出现，毕竟她和吧台里的男人一样，在我的梦中曾经出现过无数次之多。她坐在吧台前的椅子上，距离我大概半个胳膊那么远，火车轨道横亘在我和她之间，她一伸手就触到了我的脸。

"这是你最后一次来这里了"，她说，"来聊一聊洞穴吧。"

　　我可不想聊什么洞穴，也不明白为什么是我最后一次来到这里。男人站在吧台后面一直微微颔首，似乎对女人的话十分赞同。墙壁继续在融化，酒柜里的酒瓶开始崩碎，我和女人之间的铁轨传来轻微的震动，客人们惊叫着想逃出去，可悲地被不断坍塌的墙壁逐个湮没。

　　好了，没有别人了，可以开始说说洞穴的事了。女人十分坚持。男人胸膛下方的洞穴开始扩张，他尽可能挽救了一些还没有完全崩碎的酒瓶，全部扔进了洞穴里，我等了很久，还是没有等到它们的回声。

　　如果你不说，你会一直欠我们一个洞穴的故事，而且永远无法弥补。女人再一次严肃地说道，男人停止往洞穴里扔酒瓶，又开始不动声色地看着我，我没有办法不看他的眼睛，他的瞳孔里有雷鸟、碎玻璃、持刀的双手、月季、四处逃散的客人、墙壁的一部分、硬质球体、蝴蝶、温莎结、从楼上跳下去的少女。

　　我近似呓语般地开始倾诉，耳边听不见自己的声音，传来的却是五千伏特的电流声和肾上腺素融入血液里的脉动。通体白色的恶魔在我眼前晃动，烧焦的空气混合着浓烈的血浆被他们抛洒出去，坠入一具具尸体的深渊。我恐惧地浑身颤抖，肺部扭曲，开始觉得呼吸困难，不可以再回想这样的洞穴了，我会因此而死去。男人和女人静静地听着我的倾诉，我自己都无法听闻的倾诉。

　　墙壁快要融化完了，我们浸泡在酒体的海洋中，一只只从瓶子里被释放出来的雷鸟和雪兔在水平面上嬉戏，只是不敢靠近随时会吞食它们的吧台后面的男人。

　　"好了，一切都结束了"。女人说着就笑起来，男人关闭了自己的瞳孔，我又恢复了听觉。"你可以离开了，以后不要再回来"。女人哭了，全世界的大象在她身后死去。我和她之间的铁轨震动地越来越厉害。

　　喏，离开的最后一列火车就要到了，坐上火车，从梦的深处回到潜意识的表层，跨越中间意识与无意识的灰色地带，你便可以安全醒来。

男人又握住了我的手。我们在这里已经喝掉了最起码半个世纪的酒，有威士忌、杜松子酒、朗姆酒、白兰地、伏特加、龙舌兰、中国白酒、中国黄酒、艾尔啤酒、红葡萄酒、白葡萄酒、起泡酒、茴香酒、苦艾酒……已经够了，酒精终究会枯萎，所有的梦都是飞走了便不再回头的蝴蝶。

我开始哭泣，告诉他们我不想离开，我无法解释对洞穴的恐惧，我不明白为何手里会握着匕首。男人叹了口气，对女人说，没办法了，让他选择另外一条路吧。女人默然，随后却拉开了自己衣服前面的拉链。跃入我眼帘的不是高耸骄人的乳房，不是柔软平坦的小腹，而是一扇鲜红色的大门。

我想，这可能是你愿意推开的一扇门。女人看着我说。我转头看了看即将行到眼前的列车，抬起手和他们俩挥手道别，空气被手势推开，露出了被遮挡多时的火焰。我感觉到了炎热和窒息，知道该是离开的时候了，我推开了女人胸口的那扇门，在火焰吞噬我的脚脖子之前一头钻了进去。

门后面是一条看不到尽头的长廊。我在如白昼如黑夜如所有梦境的缝隙之间的长廊中行走，我听见来自古老的修道院里唱诗班的圣歌，我嗅到女人身后全世界死去的大象倒地时激起的尘土的芬芳，我触摸到从未得见仅仅存在于想象中的不明思绪的皮肤。不得不去追问这条长廊的底细和实质，我怀疑它是梦境与理智之间的通道，是感官与思考交配的温房。谋杀与追踪，舐犊与温存，阴暗与更阴暗交替在长廊中上演。

我看到了自己的恐惧，那也许便是我恐惧的根源。恐惧的舞台剧在长廊中上演，一个男人点燃了另外一个男人和一个女人，并高高举起手中的匕首刺入他们的胸腹之间。我坐在剧场里的最前一排，想看清楚那个男主角的相貌，然而阴影和角度总是让我不能如愿。男主角仿佛听到了我的心愿，他从舞台上飞身跃下，扑倒了我，举起手中的匕首，深深地刺入我的胸膛，他在开心地笑，像从未笑过一般地开心地笑，我终于看到了他的脸，那是我自己的脸，而我自己，却变成了一朵正在盛开的月季。

二、巷子与面具

　　我在一条幽深的巷子里醒来，黑夜如匍匐而过的长蛇，我伸手便可以摸到它粗糙而冰冷的鳞片。这条巷子与其他的巷子不同，我打心眼里这么认为，从未见过如此整洁如此笔直的巷子，虽然遥远的路灯的光亮并不能让我看清楚整条巷子的全貌，然而在这肮脏杂乱的城市的一角居然有这样一条巷子在深夜中存在，实在是一件令人毛骨悚然的现实异象。我已经记不清为何会在这条巷子中醒来，至于是如何在这里沉睡过去的更是毫无线索。

　　深沉的头痛是不断撞击牢笼的虎鲸，在注定成为它食物的神经元和脑脊膜之间肆意饕餮。胸腹部有被利器刺入的异物感，掀开衣服探查后却没有发现伤口，手指在胸膛的触觉是完整的、平滑的、带有体温的律动，我放下衣服，深觉自己是一座完整的城堡，外表坚不可摧，内里正在腐烂。

　　也许这又是一个酒精控制理智的夜晚，我常常在深夜里醉倒在各种各样形形色色的城市里的陋巷之中，醒来后开始自言自语自怨自艾，偶尔身上的钱包会在沉睡时被路过的流浪汉摸走，有那么一两次连鞋袜和外套都不知所踪，可我从没有用手掌触摸过墙面，哪怕是在站起来都困难的时候。袖手旁观的猫会把前掌搭在墙上探测地底和墙洞里的动静，好让自己掌握何时会从阴湿的墙缝里生长出迷人的茉莉。而我却绝对不敢在这穷街陋巷看不到未来的墙壁上留下自己的指纹，仿佛我可以预见到将手掌投入墙壁的水面激起掌纹的涟漪，涟漪扩散到城市里所有的墙壁和道路，覆盖了公园和停车场，翻越了不可翻越的群山，直到激起了深海之下和未知之地的动荡。实际上这并不是真的，我仅仅是觉得一只扶在墙壁上的手掌有极大的概率会被贯之以利刃，这恐惧也许荒谬，然而却来源于平凡的真实，从而无可抵挡。

　　猫的期待落空了，墙缝里没有生长出任何东西，在也许会生长出什么东西之前就被混凝土和水泥全部填平了。然而猫并不遗憾，它们有充足的时间在巷子中等待，直到这面墙受风雨和岁月的侵蚀回复原貌，我甚至觉得猫的使命便是在黑暗无光的巷子里无止尽地等待并予人以明亮无比的双眸。

　　它们的优点在于从不虚张声势，虽然黑夜的长蛇席卷了所有的角落，可仍然对猫束手无策。我也曾在无数次深巷里的醒来后第一眼便看到静默如迷的野猫，眼见会联系传说，信仰里对猫的崇拜与日俱增。不追求细节的人认为猫只会扑腾毛茸茸的脚掌和舔舐自身，实在是荒谬。有多少次我宿醉后醒来跪倒在素未谋面的野猫身前，祈求它们的原谅和宽恕，祈求它们可以用千百年来遗传下来的天赋和神性为我洗礼。

　　猫并没有答应我的请求，也许认为还没到时候。它们只是用它们轻柔的脚掌搭在我的脑袋瓜上，嗒嗒嗒地敲三下，便转身跳上墙头，隐没在宗教气氛浓重的黑夜之中。

　　我站起来跌跌撞撞地往巷子一头的出口走去，很快便走到了巷子的尽头，在这个端口巷子被有限地无限大化了，改变了形状、结构、成分、颜色、密度、温度、体积，巷子融入了水中成为了水的一部分，在城市的空间里再也没有了彼此。

　　巷口的台阶上坐着一个身穿黑色皮衣的男人，在如此炎热的夜晚这样穿戴的人也许应该手举大旗，标榜自己是"反自然反季节反体感主义的忠实拥护者"。我本不想和他有什么交集，然而我发现他身边有酒，手中有烟。

　　宿醉醒来精疲力尽口干舌燥的我实在懒得再去寻找出售饮料和香烟的便利店，于是我毫不客气地坐在那个男人的身边，向他讨一支烟抽，顺带再来一罐啤酒。男人的头发有些斑白，抽烟的那只手有神经性抖动，不时地会把烟灰弹在自己的腿上，我建议他换一只手抽烟，他说换一只手也是一样。

我问他坐在这里是在等人吗，他指了指斜对面的一条巷子，说快了，就快来了。我从他的嘴里很奇特地没有闻到一般流浪汉或者老境颓唐的男人从咽喉深处及牙与牙的缝隙里散发出来的蛋白质腐烂和组织炎症的气味，我闻到的是麦芽和蜂蜜、泉水与迷迭香、阳光与海水的味道。

这个男人岁数不小，可脸上完全没有一丝颓废和老去的征兆，除了时不时痉挛颤抖的双手和穿在身上的黑色皮衣，我真的无法想象他坐在深夜的街头会有怎样奇特的原因，等待一个人并不需要坐在下流的台阶上抽烟喝酒，至少我是这么认为的。

"来了"，他说，并扔掉了烟头。

气氛莫名变得紧张起来，我感觉自己被牵扯进了一桩了不得的事情当中，虽然这事情还尚未发生。这时候斜对面的巷子里传来了急促的脚步声，男人站了起来，他确实应当站起来了，等待的人即将出现，我期待他们可以立刻离开。出现了，从对面的巷子里走出来一个戴着面具的黑衣人，分辨不出男女，面具人没有停下脚步，相反在看见我之后反而加快了步调，跑了起来，腾身而起，在空中碎裂成一群戴着面具的乌鸦。

男人推了一下我的肩膀，我和我坐着的台阶如潮水一般往后退去，潮水碾压了整个场景，原先工整的布局和结构遭受到外力的侵蚀，开始向内挤压。男人脱下了身上的黑色皮衣，抛入空中，皮衣燃烧起来，将肆虐的乌鸦映照在火光里无处逃脱。他举起自己颤抖的双手，奇妙的抖动的频率使得整片空间都摇摇欲坠。乌鸦胆怯了，失去了战意，从空中落下去，汇聚成戴着面具的人，倒退着进入巷子，消失在温度急剧攀升的来时的端口。

男人没有了黑色皮衣，用颤抖的双手向我召唤，我和坐着的台阶又如同潮水一般回到原点，周遭一切完好如初，结构和布局丝毫未变。男人坐下来，说戴面具的还会回来，但不是今晚，可以好好喝一杯了。

我的表情变得冰冷、坚硬。

街上出现了很多端口，每一个端口都是某一条巷子的尽头和出口。蝴蝶和蜜蜂从每一条巷子里飞出来，成群的壁虎攀上了围墙的顶端俯瞰，我又看见了洞穴、开满鲜花的巷口、路灯后隐藏的匕首、每一扇翅膀后浮现出来的双手、和渐渐正在吞噬这片区域的长廊。

长廊是明亮的，夜晚的街区是昏暗的，邪恶的光明正在蚕食这一片硕果仅存的温情的阴暗，每一个巷子都是它对街区发动的袭击，每一只蹲守在巷子里的野猫都是我灵魂里最后的一点抵抗。我举起了酒，在我抽了一口烟之后。长廊如一张巨大的面具，在我眼前缓缓地伸展开，这一次，火焰无法对它造成伤害，男人颤抖的双手也不能令它却步。

他坐在我身旁，突然对我说，"我们不如来聊一聊你，趁这无法停止的侵略还没有完全成功之前。"

我问他是谁，他不说话，突然对着某个巷子招了招手。那个巷子里走出来一只通体雪白的绵羊，像一块棉花糖一样传出甜味的口感和温软的触觉。

"这是一开始的我，不折不扣的我。"他满含深情地看着那只羊。

羊渐渐地开始变化，它的体型开始变得巨大，毛发开始浓密，面部扩张，从狭长的形状变成人型，那张脸上的容貌渐渐变得清晰，变得熟悉，时而是男人，时而是女性，时而是无法辨别性别和种族的无从考证的容颜。狰狞和圣洁交替在这张面孔上闪现，又同时对冲湮没，无穷无尽，无休无止。

我的眼底开始受不了这种视觉极限和心理底线的刺激，两只平背海龟从我的眼角爬出来，几乎爆裂了我的眼眶。它们朝着羊的方向游了过去，在炽热的空气中如鱼得水。羊抬起了一直在变化莫测的面庞，用双脚站立起来，冲撞过去的海龟没能预料到这样的变化，一头便扎进了羊张开的怀抱。然后羊用两只前蹄紧紧地拥抱住它们，在它们反应过来之前把它们狠狠地挤压进了自己的身体。两只平背海龟发出高频率的悲鸣，我听不到它们的声音，羊变得更巨大了，两只海龟很快便被它用身体吞食。

它现在不再是一只羊，它是一个站立的魔鬼。

"看出来了吗，"男人问我，"看出来它就是刚才那个戴着面具的人吗？"

他没有等我看出来，便飞身过去，拥抱住那只巨大的魔鬼。"来吧，我的兄弟，来拥抱我。"魔鬼用两只已经成型的巨大的双手拥抱住男人，蝴蝶围绕在他们身周，壁虎从墙壁上纷纷落下，潜藏在地底的蚁群和种子冲出地面，一切他们两个经过的地方只剩下死亡。他们在互相吞噬，男人的身体已经渐渐不成人形，魔鬼的面具也在刚刚形成之后开始崩裂。

"我不能再保护你了，你的无意识和恐惧战胜了我。你将再次进入那个长廊，又或许，眼前这一幅景象，也只是长廊的一部分而已，无论是我，还是你。"他吃力地把头扭过来，对我说了最后一句话。然后他就和那个和他拥抱在一起的他的兄弟互相湮灭了，连带着所有的蝴蝶和蜜蜂、壁虎和蚂蚁、鲜花和空气。

我什么都不能做，只能坐在台阶上，看着越来越近的长廊吞食着路灯照耀下的每一寸空间和土地。我忧心忡忡，坐立不安，恐惧化作歌声在黑夜里传唱。就在此时，从我身后的巷子里，走出来一只从未离开过巷子的黑猫。

三、硬块与表达

我在喝一口水的时候死去，和那被我嚼碎咽下送入食道经过贲门进入胃袋被灼热的胃液焚烧后分解的水体一同在胃黏膜强有力的收缩下粉身碎骨。

又在吃下第一口玉米粉小米粉茯苓颗粒和口蘑粉末搅拌而成的食物时活过来，口腔壁和齿缝被粉末及颗粒摩擦之后的些微痛感拽住了僵硬的味蕾，舌苔上溢出泥土、雨水、农夫的皮屑、青蛙、草蛇、以及过路的猞猁的气味。

我为这一粒玉米的命运而痛哭失声，被剥开外皮扯出的每一粒尚未亲眼目睹这个世界便被埋入幽深黑暗的水田里的玉米彼此在没有光线的泥土缝隙里希冀着一个同类的拥抱，然而它们之中的很大一部分都在这样的希冀中死去了。口中的玉米粉末在叹息，虽然它已经灰飞烟灭并注定将和口蘑小米茯苓一起被细胞吸收成为细胞壁强韧的一部分，可它继承的遗憾和渴望并没有在代代相传的基因中随着时光磨盘被碾碎，反而超脱了形体和介质的局限在灵魂和感知层面成长得极为巨大。

人类无法承受这样的情感，因为人类早已没有了这样深沉伟岸的足以决定一个种族兴亡的无可逆转的悲哀和绝望。而无论小米、燕麦、玉米、小麦还是口蘑或山葵，都是在这样不容置疑的排位和命运中前赴后继。

当我发现我可以通过身体发肤去感知身边万物的经历与触感，并化身其中共同体验所见所感所想之时，我生活中的平凡便自然地成为了相当不平凡的事件。就连饮食这样的本能也不再是单纯的获取能量与营养的行为，而成为了我跳入油锅期待盐雨与酱晒的奇观。孤身一人在路上行走也有诸多困扰，因为我总是能捡拾到旁人遗留下来的无法降解的硬质代谢体。

　　我曾经想将捡到的物体送到警察局以备失主前来认领，结果接待我的警员却掸着自己帽子上的灰尘告诉我说想拿就拿回去吧，放在警局也不会有人来认领的。于是我家里的一个房间堆满了这样的硬块，春天的时候会有斑鸠来到我的窗前，我便用这些硬块喂它，直至有一天它褪去了满身的羽毛，坚硬的鸟喙化作了嘴唇，干枯的脚爪丰盈出血肉，坐在我的窗台上变成了一个少女。只是她的眼睛里充满了怨恨、悲悯、失望和嫉妒的情绪，管我要了一根特醇三五香烟抽完，便翻身从窗台上跳下去了。

　　很难办啊，我也不知道该如何处理这些硬块，最后只得把它们从房间里搬出去，埋到屋子外面院子里的焦土之下。没过多久，院子里寸草不生的土壤脱胎换骨一般地变成了肥沃的黑色泥土，随风飘来的梧桐树种和花籽湮没在散发着旺盛精力的土壤之中，下一个雨季到来之前它们便生根发芽，在院子里开出了美丽得有些意外的花朵。蜜蜂和蝴蝶在屋外的花园里上下翻飞，邻居们罕见地聚集在一起，抬出了自己家里的烤架和啤酒，在梧桐幼苗和数不尽品种的花朵间翻烤牛肉和香肠。狂欢一直进行到夜晚，月光照在院子里的花瓣上，奇异的透射感如同当季的夜樱，反射出近乎苍白的暴戾与绝望。我坐在月光下看着它们充满无法言说意味的谄笑，知道会有出乎意料的事情发生，然而我没有想到这意外居然来的如此之快。

　　邻居们第二天没有再醒来，一株株不可思议的绿叶带刺植物从他们的肠道里生长出来，撕裂了他们下腹部的皮下组织和脂肪层，扎根在被搅烂的肉体之中，像推开一扇窗户那样推开阻碍它接触到紫外线的屋顶，最终汇聚到大楼的中部，在楼中央的墙壁上纠缠成一个温莎结。我来到院子里，用除草机折断了所有的花草，并用一柄刚刚磨好的短柄斧砍断了所有的梧桐。不过看上去这只是徒劳的举动，所有被收割的花木在很短的时间里又从泥土中探出头来，再度吸收了泥土中养分的它们愈发变得夺魄勾魂。

　　我扔掉了手中的斧子，端来汽油撒入土中，点着了火。大火持续了整整一个晚上，在焚烧泥土里的硬块时发出的爆裂声听上去像是夜深人静时无人应答的叹息。我听到过同样的叹息声，这叹息声来源于块茎和蚯蚓，来源于每一个从我生命中偶然擦中时光与过去的交汇处的侵入者。我听到过猞猁死前的哀叹，听到过孑孓尚未能生出双翼便被鲶鱼一口吞下时的悲鸣，我太过沉浸在这样的感知中从而变得麻木、冰冷、坚硬，即便是亲眼见到邻居们匪夷所思的死状时竟也未能撼动我早已枯萎的心灵。

我意识到接收了太多信息和触觉的灵魂未必就是饱满的，它们有可能在不断膨胀的储存过程中早已经因为无法承受更多的感知而崩溃、枯萎、死去。火焰是能量和温度的表达，我在大火中看到了这一场表达的意味，它其实是善意的，是热情的，然而点燃它的意图是毁灭而歇斯底里的，使它持续燃烧的质体是阴暗而邪恶的，那么这样的表达就在善意和阴暗之间形成了一种调和。于是，我想，我也需要一种表达，来表达我枯萎而又急于宣泄的感知世界。

大火过后，花木没有再生长出来，肥沃的泥土被大火耗尽了能量，重又回复到焦黄贫瘠的状态。所有进入到邻居们家里的警察都忍不住地呕吐了，他们还无暇发现我，无暇发现大楼中部的温莎结，我就已经离开了这个城市。一路上没有见到蝴蝶和蜜蜂，只是在车轮下发现了它们的尸体。依旧漂浮在空气中的梧桐树毛絮告诉了我它们的遭遇和下场，我仿佛在不断远去的路途之上窥见了城市中心的花园里堆积如山的昆虫的遗骸。

它们携带着那样的花粉，吸食了大量诱惑性的花蜜，终于在无法抑制的亢奋下齐聚在城市公园的水塘边尽情地交配。雄性工蜂将生殖器狠狠地刺入白翼蝴蝶的尾部，蜂鸟用它尖利而骄傲的硬喙踩躏不停挣扎的兵蚁。无数尖细的生殖器折断了，抛洒出乙醚气味的体液，蜂鸟也被随后赶来的螳螂车轮战死，尚未气绝的蚂蚁们将其吞噬一空，只剩下那根引人注目的坚硬凶器。

在新的城市安顿下来，如同翻开了耍把戏的街头艺人倒扣在桌面上的纸杯，却发现本应在纸杯下的硬币奇迹般地从自己的耳后出现。这是一个悲伤且带有些颓丧气息的市镇，斑驳古旧的广场墙壁和缀满绿藤的房屋恍若从地底浮现出来的雕塑，矗立在时常零星小雨的亚热带气息的街头，流浪汉是它们的壁画，风吹过屋顶时留下远方热那亚般的异域味道，在无精打采的墙垣的上端充当起文艺复兴似的雕刻与装饰。

我无意去体味它的过往和经历，其实随处的一个宗教痕迹或者文化镌刻都可以让我悲痛莫名，即使是从我身边走过的面无表情的老人，我也能嗅到他们刚用面包屑喂过鸽子的手指上的面粉味儿和随同鸽粮一起投掷出去的糟糕境遇。我不能再摄入这些了，过度施肥的植物终将被各种重金属溺死，而我则需要将根系伸出地表使得细密庞杂的根茎末梢中的浓缩物挥散到无穷无尽的空气中去。

选择用哪一种方式表达让我头疼了好长一段时间，毕竟这个古老的市镇里没有类似"表达方式"专业介绍所这样的机构，确实也很难想象穿着蓝色制服头发用发蜡精心梳理过的训练有素的推荐师坐在浅灰色的柜台后面用标准的官方语言向每一位缺乏表达经验和勇气的咨询者阐述着各种表达方式的利弊。

也许人们会用更直观的方式来给予对方建议，比如一位身材魁梧的男性有可能会得到去以摔跤或者搏击的方式表达自我的建议，而一位娇小玲珑面带窘色的女性有可能会得到以坐在家中目不转睛地还原一万八千六百块碎片的拼图的推荐。思维总是这样肆意奔跑，我总是可以基由一个普通的原点发散联想到一些与现实异常脱节的境地中去。

一块被丢弃在水沟边没有吃完的炸肉饼会以多快的速度被蚁群或者苍蝇分解？

进食了巨量以滚油、猪肉、面包粉烹制而成的炸肉饼的蚂蚁会不会成为蚁群中的高热量食物摄入者从而需要每天大量的健身运动以保持身材的比例和肌

肉 - 如果它们有肌肉的话 - 的协调性？

它们在锻炼自己躯干和器官的时候会选择用浸过水的树叶还是体积稍小却密度极大的石块呢？

每天都会有无穷无尽这样的不着边际的联想，思考的谱系编织成一张不完整却极度倾斜的大网，挂在脑垂体的下方捕捉偶尔迷失了方向即会仓皇失措的神经生物电。

漫长的过程中我并没有放弃尝试，实际上与镇上居民的接触中我得到了一些很好的启发。理发店里坚持用老式的理发椅替客人先修面后剃发的老人向我介绍了他几十年来一直保持着写日记的习惯。老人在漫不经心介绍自己的坚持的时候依然保持着古早的说话腔调。

啊，理是这个理，不过尚能坚持下来的，除了老朽以外，身边的朋友全部都放弃了。吾老了，可儿时形成的习惯和规矩一样都没有落下，就连这一条性命，虽已耄耋，吾也坚持着没有丢手。

我可以从他替我修面时触碰到我面颊的手指上的皮肤感知到他的老迈和坚定。手上的毛孔里散发出缓慢的新陈代谢的味道，混合着一股衰竭的生命力的气息。然而手却异常的稳定、干燥，没有多余的皮脂溢出和来源于内脏衰竭征兆的分泌物，我毫不怀疑如果我胆敢在他的店里质疑他的言论抨击他的腐朽指责他的食古不化那么下一秒我的咽喉便很有可能被这双干燥且稳定的手握住的修面刀切断，而且他一定会持续着切下去，直到我大动脉里的血再也无力喷出时才松开双手，将今天发生的事情记录到他那一本不知保存在哪里的日记本里去。

每次侥幸从他刀下逃生之后，我都会到一条街之外的酒馆喝一杯格力美。酒保是一个容貌姣好却神情呆滞的女人，店里客人不多闲下来无事可做的时候便会用一把泛着金属色的冰铲雕琢制冰机里取出来的硕大的冰块。

我把喝完的酒杯推给她，她就放下手里的活计，倒掉杯子里还没有完全融化的冰块，重新放入一块和上一杯一模一样大小的圆冰，把调好的青柠汁和杜松子酒倒进杯子里，再推回到我面前来。我猛地抓住她的手，她没有看我的眼睛，脸上没有表情，手掌分泌出激素的气味，那是一种十分友好的气味。

也许我应该从吧台上跳进去，不放开她的手，告诉她冰块和烈酒还可以有另外一种奇妙的组合。她也许依然不会看我的眼睛，只是把一块块雕琢得形状各异的冰块扔进我的底裤，然后往嘴里倒一杯杜松子酒，含住了低下头去。这之后我们会成为一对情侣，每日在看上去悲伤破败的建筑群中愉快地行走，在街角的露天咖啡馆喝一杯掺了水的 espresso，日复一日地做爱，争吵，辩论，互相厌恶，决绝地分离，又心生不舍和怜悯，重归于好，前嫌尽释，继续日复一日地散步，在雨后的窗台边做爱，争吵，辩论，复又更加地厌恶对方，来自毛细血管里的抵触和排斥冲昏了我们的头脑，我们分开了，并从此不再联系，像从没有认识过那样。

我突然觉得悲伤，为这些有可能发生的事情而悲伤。然而事实上什么都没有发生，很快她便甩脱了我的手，用冷酷无情的眼睛告诉我今天下午休想再从她手里买到第三杯格力美。我边喝酒边吃吃地笑，死里逃生之后摸到了心仪女孩的手，并且在肌肤接触的瞬间经历了一场情感的离合，这样的生活是多么美好。

美好的让我想起了那个足以赏夜樱的晚上，我亲手杀死的一直以来与我有染而又不愿意与我逃离那个城市的邻居家的女人。我把匕首刺入她胸膛的时候有血溅出来，染在她胸前的白色睡裙上，像一朵盛开的大门。

§

左脚是音符，右脚是雏鸟的羽翼。

行走的意义被替代，成为了琴弦上的和音与稚嫩的空气动力学。

我未曾想过自己会以这样的方式行走，在行走过摇摇欲倒的战国城墙和地下未知的茂密雨林之后，步伐变得柔弱且失去了行走的实体。

我深知"柔弱与无形"这样的文字定义倾向于体现出自身在语言学层面中的形而上性、在理性批判领域里的片面特质、在量子物理世界观上的狭隘判断。

毕竟看似轻软的幼鸟的翅翼可以击碎空气与风、花瓣与露水，可以将同巢的其他雏鸟推下树梢，可以将企图躲藏在其身后的飞蛾轻易谋杀。

因此看似柔弱的羽翼无论是在语言学层面、批判领域还是量子物理世界中，亦可以成为"柔弱"的对立面，以"坚硬"、"强势"、"凶猛"这些本是词语却又脱离词语和词语生存语境的所指形象而成立。

步伐是四二拍的 C 调，没有轮廓和形状，是一种只能用耳膜捕捉的动作。

它是被击打、拉扯、摩擦、吐纳而形成的巨大颗粒，是不同材质不同介质之间能量转换的密集符号，它对于我来说的无形是形式与认知的差异，实体的缺失只发生在肤浅的视觉里，它的大与小、厚与薄、轮廓与形状，在另一个感官里被重新接收、归纳、定义。

说它无形确实是狭隘的，它存在于和羽翼协调共鸣的节奏里，存在于我缓慢走过的距离里，是斯特拉文斯基的《春之祭》，在耳鼓震动的频率间逐步地构建形体。

我便是这样在这栋楼的回廊里行走，这栋楼由数十个这样的回廊拼凑而成。

建筑的本质和审美在这栋楼里毫无踪影，丑陋的空间布局和劣质低廉的材料是它的本相。

回廊中间是巨大的方形天井，没有人知道天井到底通往哪里。曾有人翻过天井旁的围栏跳下去，没有留下任何痕迹。

回廊是一张恐惧的面庞，是夜晚沉睡的循环鼻息。

它因为自己的丑陋而被人羞辱、践踏、损毁，它每一天都在被虐待、刺杀、凌迟，它奄奄一息却又不愿意就这样崩溃。

我终于走到了回廊的四分之一处的尽头，我的面前是一扇紧闭的大门。

如果说我身后镌刻以恶意和颓唐的回廊是建筑学上的耻辱，那么这扇门也许正是这个空间里唯一的一个诗意的停顿。

我甚至可以看见门从自身的物理范围内溢出的非物质的元素在两边的墙壁上形成了自给自足的影像和图案。

回廊里没有风，没有宣泄主观臆断的缺口，檐廊深处紧张的像一张被拉满的弓，聚集了半个回廊的漠视与仇恨之箭抵在这扇门上，它却像压在了韵脚上的尾词，和这个空间对立而又融合。

莫奈和齐白石都画不出这样的门，它不存在于自身感知和外界关联的印象里，也不存在于山水鸟竹的写意和留白中，它是格伦古尔德指尖下的巴赫，是康定斯基画笔下的圆形和斜线。

它富含意义却超越意义，形有框架却不限于框架，我一生中从未见过这样的一扇门，直到一年前的某一天我站在了它的面前。

门经常出现在不同的梦境里，现实也是纷繁的群体共同编织的梦境。

如果说大观园里曲径通幽的圆拱门是贾府几代人烟云过往的心理投射，那么屹立于平安京的罗生门正是对生与死的潜意思考。

门并不一定要有一扇开合的面板，实际上大部分概念中的门是通透无遮的。

很多情况下它们只承载了作为时间和空间里一个节点的功能，将长句一般肆意伸展的时空标点式地截断，然而断开却形成了一种美学，这种美学可以把心理和思考的注意力归纳引导，告一段落，又延伸出了对这一道诗意的停顿之后的未知空间的心理预期和探索暗示。

一年多来，我每天都会来到这扇门前，并打开它，进入到它后面的空间里去。

一开始我没有能够察觉这扇门对于其后空间的意义，只是想打开它、进去、关上门，将整个回廊与我的联系完全割裂。

我躲藏在门后的空间里，不在乎门外混凝土与涂料发出的低声哀怨。

房间里没有桌椅，没有遮挡大玻璃窗的窗帘；宽大的棕色吧台上没有水槽和杯垫，墙壁上凹陷进去的酒柜里没有酒，墙壁是毫无修饰的白色——白色在我眼里并不是颜色。地板上铺着腐烂的、被污渍掩盖了本色的地毯。

狭窄的楼梯转成直角上去，是如出一辙的二楼，基本空无一物，只有一张矮到趴在地面上的沙发。

我觉得难过，是安德烈·布勒东与萨尔瓦多·达利决裂那样的难过。

门收容了我，将我从灾难一般的回廊里拯救出来，可它在保护的、并作为它的一部分延伸的空间却与整座大楼一道慢慢腐烂。我应该做点什么，即便这样的腐烂在最终的趋势里无可阻拦。

发霉的地毯被撕下，换上了暗赭色的木质地板，无遮无挡的落地大窗挂上了黑白条纹的纱质窗帘，吧台被清洗干净，装上了水槽和杯架。

满墙的凹陷里堆满了纸质小说，酒柜里有了德国和比利时的麦酒，我最后把墙壁漆成了红色，挂上了七幅未来主义风格的抽象画和六幅波普艺术木板画。

房间里有了灯，有了黑色的藤桌椅。晚上打开灯坐在房间里，可以看到窗外自己的影子。

我施展出浑身解数挽救这个空间，做了些门做不到的事情。

门只能将肮脏的、下流的、泛着腐蚀与死亡气味的回廊挡在身前，却无法阻止身为这栋大楼一部分的房间在自己身后随着整栋楼无法挽回的大势渐渐失去生命。

重新修整过的房间在短时间内变得年轻、不再沉默、时而活跃，会主动与我交谈。

我们谈论了格罗皮乌斯一手打造的包豪斯设计学院，谈论了中国古代诗词的韵格与合辙，稍稍辩论了禅宗、净土宗、密宗之间的区别，它还向我详细描述了水管与电线在它体内穿行并工作的感觉。

和你们的血管、神经类似，有时候会觉得有点麻，它说。

然而这并不能阻挡它每天都在腐烂的现实。

没过多久，墙体就开始渗水，窗边的地板鼓了起来，玻璃出现裂纹，墙角的窟窿里爬出来蚂蚁、蜘蛛和短小的黑壳蜈蚣。

每天进入这个房间，我都会看到不一样的光景。如涨潮一般的寄居蟹会爬满整个吧台、躲避大雪的麻雀可以在吊顶下的灯座上筑巢。

水槽的龙头在水压异常的时候会流出黄色的带有泥沙的液体，一夜之间使得整个空间化为滩涂。

一年多来，每次站在这扇门的面前，我觉得自己都在期待着些什么，但我难以将我的期待具象。钥匙在我的手里，我把钥匙顺着锁孔的轮廓探进去。一直觉得锁孔本身只是一个平面，是钥匙创造了锁孔内部的结构，本质上它无异于一只点睛的画笔或雕凿，在碰触到锁孔的瞬间开始作画、雕刻，创造出了锁芯、齿轮、搭扣、机簧。

锁眼在缓缓地转动，紧咬的齿松开，搭扣弹起来，钥匙在自己创造的架构里精密而又谨慎地作业，我再一次地兴奋，期待着从门里突然出现一些令人咋舌的古怪东西。

究竟会是些什么呢，是横扫亚欧大陆的忽必烈的铁骑？是向耶路撒冷和拜占庭东征的十字军？还是被蓝藻覆盖决堤而出的太湖湖水？甚至会是在银河铁道上向终点站仙女座寂寞前行的 999 号列车吗？

门依然沉默不语，它是比它身后的房间背负了更多秘密的角色。

潮湿的、带有弧度的、些微衰败和稍许兴盛共存的气味从门后传了出来，我的嗅觉在三分之一秒的时间里一遍一遍地过滤着这个气味，这是我熟悉的气味。

我曾在这个房间里闻到过大海和古武纪岩层的气味，味道里有那时候海水在岩石上留下的盐渍的成分，还有漂浮在水面上的花瓣和天空下未知生物飞过的影子。

房间里没有开灯，正对着门的窗户拉上了蓝色的窗帘，光线对于视觉来说是钝感的，像一个被切掉了尖角的等边三角形。我沿着吧台边的通道走到落地大窗前，看见"我"正坐在桌子边抚摸着趴在"我"膝盖上的一只通体黑色的猫。

黑猫看见了我，从"我"的膝盖上跳起来，由桌子的一头走到另一头，用潮湿的鼻子嗅着我的手指。

它太小了，像一团黑色的怜悯。我都不需要触碰它，就能感受到它的柔软和毛茸茸，视觉此时具备了触觉的功能，目光里有了一双敏感的手。

它开始舔我的手指，偶尔还会伴随着啃咬，它的牙还很小，对我无法造成伤害，手指上有麻痒的感觉，像是在被一只了不起的蚂蚁侵略。

"我"从桌子另一头的椅子上站起来，走过来抱起正在拼命啃咬我手指的黑猫，离开了光线强烈的地方，走到阴暗的酒柜前拿了一瓶杜松子酒，带着黑猫默默地去了二楼。

我已经不记得"我"和这只黑猫是何时出现的，至少在我进入这片空间之后，记忆便无从查找。

我有时候会陷入恍惚的回忆里——在我亲手组装吧台边的圆座木凳时，是不是有另一双手为我递来了十字起？

在我为宽大的墙壁挂上巨幅画的时候，是不是有另一个人帮我固定着水平仪？

当我刚刚铺好地板，正在用蘸了水的拖布清理地面的时候，是不是有一团黑色的娇小身躯，蜷缩在距离我最远的墙角处，谨慎而又好奇地注视着我？

我脑子里隐约有些印象，又好像只是无妄的幻觉。我觉得自己的脑袋瓜大不如以前了，很多事情像雪地里印在表面上的痕迹，大雪融化之后就消失得无影无踪。

我记得有一个经常来找我的流浪汉跟我说过类似的故事。

他常年穿梭在大楼里的各层回廊之间，看过很多楼里的住客躲在阴暗逼仄的楼梯间里小声啼哭，流出带有锈迹的猩红泪水。

他收集他们的故事，并用化学滴管吸取、储存他们的泪水。

我第一次打开这扇门的时候，他正巧站在我的身后，亲眼目睹了一首诗被折断、压抑的弓弦晃起、汹涌的腐蚀之箭穿透我的身体、射入门后的虚无之间。

回廊在我和他的身后怒不可遏，循环的恶意重复叠加，他第一次在这栋楼里流下了泪水，眼泪里有恐惧、震惊和经年累月的消亡。

他拿出滴管吸取了自己的眼泪，也储存在那瓶已经半满的泪液里。

自此之后，他经常会来找我，总是坐在吧台前的圆座木凳上惊魂未定。我会给他一支烟和一杯冰啤酒，作为交换，他告诉我这么多年来他在楼里搜集到的别人的故事。

"从回廊中间的天井跳下去的那个人 ... 他们确实没有找到他的尸体 ..." 他的声音很遥远，像远方传来的时断时续的无线电波。

我听说过这个传闻，这个传闻是极北之地寒冷寂静的夜晚里冰层断裂的轰鸣。

"我后来还见过他 ... 我收集过他的眼泪 ... 他们说 ... 天井里没有尸体和血污 ... 只有一个巨大的六边形 ..."

他的声音越来越遥远，最后终于湮灭。

每次他在吧台上醒来后，都会再抽一支烟，把烟头掐熄在水槽里，悄无声息地离开。

　　黑猫和"我"在他离开后才会出现，黑猫仔细地嗅闻他坐过的位置和水槽里的烟蒂，我和"我"分别站在黑猫两侧，角度相等，是这个暧昧气氛里的勾股定理。

　　难以想象这样的大楼里也是有管理员的，事实上人们在所有的回廊里丢弃杂物、涂鸦空白的墙壁、侵占公共区域、使用液化气罐，他都视若无睹，从没有在这些问题上和楼里的住客们发生过争执。

　　相反，每当有人突发善心，用净水清洗自家门前的地面或者墙壁的时候，他总是不合时宜地出现，并大发雷霆，斥责他们破坏了大楼的整体环境，踢翻他们的水桶，抢过他们手里的抹布，扔进不知通往哪里的天井里去。

　　不知他是在以一种怎样的方式巡查全楼，只知道他无法容忍住客们在楼道里张贴寻找自家走失的宠物启事，也不能接受流浪汉在昏暗的楼梯间里用化学滴管吸收别人脸上铁锈般的泪水。

　　管理员是一个大概四十岁左右的男人，身材矮小，头发并不浓密，总是穿着一双棕色方头皮鞋，眼神阴郁。他偶尔会来敲我的门，带着一大叠的物业费缴费通知和水表刻度清单。

　　我会从他手里接过我的表格，放进吧台后面三分之一人高的柜子里。他会坐在吧台前的凳子上，跟我要一杯啤酒喝。黑猫和"我"都不喜欢他，待在二楼不下来，自顾自地玩积木和滚玻璃球的游戏。管理员会放下手里的杯子，非常严肃地问我，楼上是什么动静。

　　猫吧，我有些漫不经心地回答他。他警觉地再仔细听一会儿，才放松下来，继续喝他的啤酒。

　　我做自己的事情，用潮湿的抹布擦拭画框、桌面、书架的隔板、酒柜的内部。擦完之后过干净抹布，摊开晾在水槽里的龙头上，把昨晚洗过的杯子和塑料碟放进吧台里归置原位，整理散乱在吧台上的纸质啤酒杯垫。

墙壁乳胶漆开裂的地方每天都会掉落大量的灰尘，窗户有缝隙，风会把梧桐树的种絮和枝叶的碎屑吹进来。

我先用扫帚扫去地板表面的浮尘和落灰，再用湿拖布一丝不苟地拖干净，不会错过任何一个角落。

管理员把杯子底部的啤酒花和酵母残渣泼在地板上，看着我迷惑不解的表情，他开心地笑了，像是掌握着什么只有他自己才能洞悉的秘密。

"混乱与衰败，是这栋楼存在的方式与合理性，不管你赞成也好，不赞成也罢，它就是如此，不以任何人的意志为转移。

所有想改造它的计划、建议、举措、目的，统统都被吸入了它的核心位置——回廊中间的天井里去了。没有任何人与事可以改变它的态度和做法，它以它存在的形式与自身的认知自洽。

回廊、房间、楼梯、地下室，甚至每一扇门、每一根管道、线路，都只是它自身存在的一部分，必然会随着它消亡的趋势一同死去。

在楼里走丢的猫、狗、迷茫的情感、错乱的性爱，也是它展现其混乱和衰败的另一种表象。

我撕掉楼里每一张寻宠告示，怂恿他们在楼梯间里哭泣，禁止那个卑鄙的流浪汉搜集人们的眼泪，便是在维护这楼里的失序、绝望和无政府主义。我是它忠实的信徒，是我自己信仰的卫道者。

这么说并不是你所认为的明哲保身，事实上我和这栋楼已然无法分离。我也是它的一部分，随着它的消亡而腐烂。

我的毛发、骨骼、脏器、血管，每一天都在逐渐脱落、坍缩、衰竭、破裂。

我不会在它活着的时候死去，也不会在它死去的时候活着。

尽管如此，我也并不会想要改变这样的命运，人更应该要接受自己的命运，并维护它、热爱它、为它付出自己可以付出的一切。

你以为拂去这个房间里的灰尘和杂屑就可以延缓它腐蚀的进程吗？

你以为永远关上你那扇固执而又背叛的大门就能从整体的趋势里挽救局部吗？

这么想是愚蠢的，这么做更是令人悲伤。

也许我今天的这番话并不能让你醒悟，但我相信以后你会在你的房间里遇到更多楼里的人们，在亲眼见证、亲耳倾听他们令人作呕的故事和不可思议的经历之后，你会越来越清楚自己面对的是什么，也会认识到自己将会做出怎样的抉择。"

他没有帮我打扫泼在地板上的酵母残渣，只是拿着他的通知和清单，像一只回巢的浣熊一样回到了门外他所熟悉、热爱、维护的混乱和腐烂中去了。

我用纸巾包裹住地上的酵母和啤酒花，仔仔细细地擦干净留在地板上的污渍，这时"我"在二楼用所有积木刚刚搭起了一个小型的城堡，却被只顾着用细小的脚爪拨弄、追逐玻璃球的黑猫在顷刻间轰然撞倒。

§

"我"并不是这只猫的主人，印象中"我"以前没有养过任何毛茸茸的宠物。

一年半之前"我"来到这里打开这房间的大门刷红了墙壁置办了桌椅与这房间交谈的时候，这只黑猫就已经生活在这里了。

"我"可以确定"我"不是这只黑猫的主人，因为"我"自己没有养过猫，但是令"我"疑惑的是"我"与它之间居然没有从陌生到熟悉的适应过程，在"我"见到它第一眼的时候它就用它那柔软而又小巧的脑袋蹭我的脚踝而"我"也没有一丝一毫的惊讶或者兴奋在那瞬间就有了需要很长时间才会拥有的人与猫之间的相互归属感和理所当然。

它是这栋楼里别人家走丢的猫吗？

"我"无从知晓，因为管理员早已经将楼道里张贴的所有寻宠启事吞入腹中。

房间和门在这件事情上都保持缄默，它们偶尔会有一些不喜欢与人分享的秘密，"我"在遭遇了几次它们对"我"提出的问题回复以无限期沉默之后便逐渐接受了这样的尴尬处境。

猫是雌性，按道理已经进入了猫这一生物生理上的发情期，但"我"并未发现它有什么异常的举动或者春心荡漾的猫之呼喊。

它的身体在它一岁的时候好像就不再生长了，与幼年时相比，它现在更加沉稳、安静，以至于有时候"我"把它放在包里，带着它一同进入特别情绪化的 80 路或者 313 路公交车里的时候，它都不会再有被这歇斯底里的巨大生物张口吞下的恐惧。

与别的猫一样，它喜欢各式各样的鱼、会动的物体、所有质地的球、和未曾见过的新鲜玩意儿。可它不再长大了，这一点很是让"我"担心。

"我"仔细观察过它的身体，没有发现衰败或腐烂的迹象，说明它没有受到这栋大楼的影响，可总是长不大也绝对不是正常的现象。宠物医院和猫大夫对此也是束手无策，在经过好几次的全身检查之后，猫专家乐观地告诉"我"也许这只猫和《铁皮鼓》里的主人公奥斯卡一样拒绝进入成年后的世界从而在主观上停止生长。

奥斯卡虽然身体不再生长，可智力超群，并且具有唱碎玻璃的异能。黑猫也许也有它的异能，比如在深夜的窗边像吟游诗人一般仰望明月。

一直以来都没能给它取上名字，黑猫的气质像很多把藏在箱子里的钥匙，很多把钥匙可以打开很多把锁，每把锁的门后都是难以捉摸的意图和倾向。

细小的尾巴摇起来，是费里尼电影《八部半》里系在睡梦人脚上忽左忽右的风筝线。

五官端庄、秀气、排布合理，符合所有具象、抽象、印象、后印象、至上、未来主义对构图的审美和苛求。

四肢舒展，行走稳定、轻盈、高效，血肉建筑模式古典、简约、富有想象力、创造性、实用性，像一座可以行走的古根海姆——帕特农——神庙——博物馆。

一切搭配的都是这么无可挑剔，想要用一个词去概括、提取、固化它的气质形象，简直已经成为了一件不可能实现的奢望。

猫是活在夜晚的动物。它会趁"我"睡着之后拧开门把手，悄悄地走进一片漆黑的回廊当中去。一开始"我"对此毫无察觉，要不是有一天夜里楼梯间传来的响亮而又悲恸的成年男子的哭嚎声将"我"从深沉如海底的睡梦中惊醒，"我"可能并不会发现黑猫与这栋楼里一些人之间神秘而复杂的关系。

"我"下意识地没有打开灯，蹑手蹑脚地走到虚掩的门边，哭声更加清晰了，是冲击着礁石般矗立在黑暗中的房门的一波一波的浪潮。

"我"看不见楼道里的情形，但是"我"醒来时发现黑猫并不在屋里，"我"急于找到它，害怕它被楼梯间里莫名哭泣的男人无端伤害。目不视物的腐蚀感比白天更加难以忍受，"我"可以感受到门在阻止我迈入连它也不能揣测的黑暗中去。

但"我"终究没有采纳它的意见，决然地走进了什么也看不见的回廊。相比于黑暗，"我"更害怕在这时候打开灯或者采用光源之后也许会看见些自己并不期待或者无法承受的事物的可能性。

"我"惧怕目不视物，但"我"更惧怕面对现实本身。这种心理啃咬着"我"，怂恿着"我"，恐吓着"我"，鼓励着"我"，"我"一步一步地走到楼梯间的入口处，觉得经过之处的回廊墙壁已经不复存在，男人的哭声是黑暗里唯一存在的物体与事件，声音在黑暗里自有其形体，听觉代替了视觉与触觉，使得这哭声成为了此时移觉视角里一朵无辜的花朵。

§

吾没有名字，名字这样的东西只是人类对事物缺乏综合认定能力的佐证。

吾对自身以及周遭环境的认定从来不依赖文字或者符号，这些由人类发明出来的代替实体的标记已经真的代替了实物在人类认知过程中的地位，而吾不需要也不信任这些碍事的玩意儿。

吾对事物的认知是气味、形状、触感、温度、动静等全方位立体化考量，在吾的认知里，每一样吾所见过的实体都是一个类似于多维动态全息标本一样被储存在自己的记忆酶蛋白之中，对于吾没有见过的东西，吾也懒得去想象或者推测，毕竟吾看不起用符号这种低级的工具思考甚至感受而弃自己的真实感官于不顾的愚蠢行为。

听说人类用他们制造出来的文字、符号还可以创造出根本不会真实存在的纯符号物体和情感，例如，天堂；例如，纯粹理性。

对吾来说这简直是不可思议的事情。

吾虽然只是一只猫但吾也知道用一个不真实的概念去创造另一个概念那么

被创造出来的概念也必将不真实。

吾没有兴趣成为所谓的哲学家，在吾眼中所谓的哲学家也不过就是用虚拟的符号和自圆其说的符号逻辑妄图冲破所指与语言的界限并以虚无的意指过程企图描摹真实存在的一群不知所谓的人类。

现实与现实的替代品是有界限的，如果连这一点都没弄清楚，那么一张口就必然是谬误。吾虽然只是一只猫，却也不愿意就这样浑浑噩噩地度过此生。

吾在这栋楼里已经无法继续生长，好在吾暂时还没有受到大楼的影响，还能继续正常地生存下去。

他和"他"都不知道吾是何时来到他们身边的，他们也不记得，更不会知道吾出现在他们生命里的目的。

吾不屑于用语言或者文字诉说，吾的思考也从来不会是语言行文的样式，所有的表达和思索都是复杂现实意义的微积分，类似于

这样的组合方式，却又比这复杂精细得多，并在保留所有含义的基础上去除所有排列的符号，对吾来说这是再自然不过的表达，对人类来说可能终其一生都难以理解。

吾可以坦诚地说，吾并不属于这栋大楼，吾在这栋大楼、这个房间里出现，与他和"他"在一起纯粹是事出有因。

从另一个层面来说，吾既然不属于这栋大楼，自然也不局限于这栋大楼，吾可以超然于这栋大楼之外来审视、评判这栋大楼里发生的事情和各种各样的现象。

当然还有形形色色的人。这楼里的人没有接触过吾这样的猫。这一点上，大楼管理员是最清楚的。

　　这楼里的猫安于饲养与被饲养的关系，不思进取，慵懒度日，虽然它们偶尔也会溜出自家的大门，但也不是为了打破桎梏谋求自由，而是为了寻求另外一段更为新鲜舒适的饲养与被饲养的关系。

　　吾自然不会与这样的猫为伍，虽然大家都是猫，但话不投机半句多，猫也不是都能聊得来的。这一点，楼里的流浪汉也很清楚。他第一次在这栋楼里流泪的时候，如果不是吾用自己柔软厚实的脚掌拍了拍他的脚踝，他也许就会被身后的回廊整个吞噬了吧，他自己非常清楚这里面的利害关系。

　　流浪汉的身份并不单纯，他的经历与过往可以说是这栋楼里的住客中最为丰富和精彩的，如果流浪汉也能算作住客的话。

　　他平时没有人可以倾诉，作为大楼里的倾听者，他惯例只负责收集别人的故事和泪水，所以他只在睡不着觉的深夜找吾一吐不快。

　　他对吾信任和欣赏的程度是钠与水触碰后的热切，也是真核细胞有丝分裂的安宁。毕竟吾曾以一掌之力救他于须臾，他也对吾一见倾心。

　　所以在那个夜里，他喝醉了酒，带着浑身的酒气和悲伤来到那扇门前，回廊里所有的灯在他走过时都熄灭了。吾听见了他的脚步声和呼吸声，吾没有惊动任何人，打开房门和他来到楼梯间，他带着浓烈的醉意和悔恨向我倾诉着自己的过去。

　　他大哭起来，像黑暗的深海里独自寻找同伴的长须鲸。吾正在用自己绵软的脚掌轻轻抚摸他的手臂以示安慰的时候，回廊里的灯竟然一盏一盏地陆续明亮了起来。

　　"他"不知何时站在我的身后，居然连吾的耳朵都没有听见动静，流浪汉抱起吾朝"他"扔了过去，自己则闪身消失在没有灯光的楼梯间里。"他"猝不及防，只来得及接住了吾，吾觉得自己是一片黑夜，覆盖住了回廊里所有的光线。

$$\int_a^b f(x)\, dx$$

在进入这个房间大概一年的时候，我的睡眠开始出现严重的沉降现象。

闭上双眼，意识收敛进各神经末梢的源头，多巴胺不再分泌，神经生物电偃旗息鼓。

浅表的睡眠只在水平线上维持了几分钟的光景，沉重的睡意便挟裹着散漫的无意识与锥体外系神经元，一同向深不见底的未知之地失重坠落。

在这样的坠落里，意识不是一场孤独的跳伞，它依附于器质和激素的本源，是生长在陆地上的苜蓿，随着整片大陆向海底沉降、没有逃脱和选择的自由。

该怎样形容这场沉降里的距离与光阴，实证主义思辨应该束手无策，一切的矛头又都指向了形而上学。

关于空间与时间的思考永远是理性与感性的分界点，是神韵派与写实派的泾渭分明。

在这样的沉降里，空间是意识到达皮层深处的一个瞬间，时间是思考的奇点向整个锥体扩散的漫长位移。

我在自己的意识里也许混淆了重量、体积、时间、空间的概念，也许它们在无意识的领域里又是另一种概念。

我不断地向下坠落，没有任何质地的障碍可以阻挡这场坠落。身体陷入泥土，泥土里有种芽的芳香。

穿越内侧全是深红色的岩层时，我发现了融化在岩石里的铁原子。随后坠入深海，穿过庞大的金枪鱼群，远远地看见遍布浅海的珊瑚礁。

海马从身后掠过我的头顶，我的眼前渐渐地没有了光线，海水越来越重，越来越粘稠，从来无人到达过的深海区域里有无数只眼睛。

沉降不会停止，意识已经经历了足够绵长的时间，整个大陆陷落了，大陆穿越了大陆和海洋，来到了整个起源的另一头，并突破了起源，在不分方向的广袤时空里以自己的方式继续沉降。

我在自己的神经电里被塑造出来，塑造的框架里涵盖了潜意识里的物理学、化学、数学、社会学、语言学、生物学，以及人类机能的一切投射。

一束微弱神经电流其中的一个带电粒子也许就能完成这样的塑造，并维持它在有限的意识里完成无限体验的全部能量。

如果一场讨论的前提是无条件被确定的假设，那么讨论的结果必然是假设下的局部真实。如果一轮思辨的基础是独断专行的鲁莽认知，那么思辨的产物必然是经不起批判的片面论调。

也不知为何我会在沉睡的意识里思考起这些问题，可能是因为在没完没了的坠落中并没有其他事情可做了吧。

我醒来，看了眼枕边的表，大概只睡了将近一个半小时的时间。坠落戛然而止，无限的意识被有限的生理截断，以闻所未闻的速度重新回到了水平面上，回到了身体与意识共同作用的象限里，均匀的呼吸紊乱了，缓慢的心跳重新加速，可能睡眠觉得已经使我在无意识里度过了足够的无刻度的光阴与距离，在我醒来之后便不再出现。于是自从沉降发生的第一天起，我的睡眠里就没有了深夜。

然而在这样的深夜里，总是会有人敲响我房间的门。疲倦的人敲门的节奏也是疲倦的，像记忆里生无可恋的蝴蝶。

我每次打开房门，以为跳进天井里的人会出现在我门前，询问我流浪汉的下落；又或许是强弩之末的管理员，在死前向我忏悔弄脏我地板的恶行。

不过门口出现的面目总是陌生的，疲倦的陌生人络绎不绝，他们疲倦地跨入我的房间，坐在吧台前十分疲倦地喝着龙舌兰或者利口酒，疲倦地仿佛随时都会摔倒，然而他们却都没有睡眠。

"楼里有很多常年失眠的人。"一个深爱着大楼管理员的女人告诉我。她第一次见到管理员时就陷入了无法自拔的爱欲，被管理员拒绝后再也无法入睡。

"你都不知道他是如何回绝我的，"女人的眼睛里有疲倦的不甘，"他说，这楼里最不需要的就是爱，突如其来的情欲只会让他恶心。"

我的眼前浮现出管理员的形象。谢顶的圆脑袋，扁平的五官，粗短的四肢，佝偻的背脊。我很难理解女人对管理员的爱欲来自于何处，而女人也看出了我的疑惑。

"你没有见过以前的他。他以前高大、英俊、毛发旺盛、待人热情。只是后来他变了，随着这栋楼一起衰败、萎缩、凋谢。然而我不在乎。我爱的是所有时间线上的他，是所有事件集合坐标里的他，我爱他的高大英俊，也爱他的短小佝偻，我爱他浓密的头发，也爱他脱发的头颅。可他不爱我，没有正眼看过我。这些年来我对他的爱欲无法宣泄，也找过别的人，希望可以取代这份情感。然而不行，我试过了，真的不行。"

她已经疲倦地不想再说这些令人疲倦的事了。

"也许哪一天，我也会跳进那个天井里去吧。"

漫长的深夜里听到这样的自白总不免有些伤感。

患有失眠症的陌生人很多，我甚至开始怀疑这大楼里百分之五十以上的住客都有着程度不同的长期失眠病症。

他们之前从不出现，只是在我第一次发生睡眠沉降及无法在夜晚入睡之后才陆陆续续地在深夜无人的回廊里敲我的门。我无法得知缘何如此，问过他们之中的几个，他们的回答都很迷茫。

"难道我不是一直都在夜里来这里喝酒的吗？"

"谁知道呢，鬼使神差的。"

"我承认我喜欢在夜里随机地敲楼里别人家的门，也许那天晚上正好敲到这里了吧。"

他们的出现，为我清醒的长夜带来了更加清醒的疲倦，他们是被睡眠抛弃的人，意识再也无法通过潜意识转化成梦境，将羞于启齿或者难以表达的情绪用隐喻或者象征的手法在没有法律和道德的无意识之地铺展。

于是这些人必须每天清醒地面对一些无形的焦躁，也许他们并没有意识到真正让自己焦躁的东西是什么，然而焦躁总会出现。"闭上眼睛睡一觉，睁开眼后一切都会变好的"这样的句子在他们身上失去了一贯具有的欺骗性和镇静作用，事到如今唯一可以让他们觉得可以稍微放松的事物也许就是酒精，度数不一的酒精饮品。

长期失眠后的醉酒所造成的损害是摧枯拉朽的，等同于袭击一所摇摇欲倒的中世纪建筑，摧毁的触感是苯分子上羟基的断裂。他们需要的是水和安眠药，我却给他们酒。

道德常常谴责我，因为我予麻醉于病患，却未施以治疗。不过意志却站在我这边，指出他们的失眠根源于心理和精神层面，不是靠安眠药和水可以治愈的。

与其用安慰剂予以拖延，不如授之以破格之道。

这些人需要的是摆脱大楼对他们的侵蚀，重塑自己的人格与灵魂，他们需要狂欢，需要酒神精神的介入，需要破而后立，治疗疲倦的良药是忘我，不再睡眠的深夜就自我创造睡眠。

引起我注意的，是一个患有抽动秽语综合症的男人。

他在一群人中非常显眼，时不时从嘴里蹦出来的脏话是深夜平缓的空气里跳动的二氧化氮。我能听见楼上黑猫踱来踱去的不安，"我"好像在和黑猫说着些什么，我听不清。

"是个可怜的人，受秽语症的折磨，自己也管不住自己，需要人们的包容。"吧台前另外一个瘦小的男人对我说，我记得这个人，他每次来都喝得酩酊大醉，往地板上吐过期的报纸和仪器的零部件。

我本以为他是个杂技表演者，否则谁会往自己的胃里塞入这些稀奇古怪的东西。但其实他只是个古法按摩技师，在大楼里一家按摩店接一些零散的推背客人。

他介绍自己说他叫我鬼，你我的我，鬼怪的鬼。

这个名字缘起芥川龙之介。我鬼十分中意芥川龙之介的作品，而芥川写俳句的徘号便为"我鬼"，崇敬仰慕之余，他将"我鬼"二字借来为己标注，于是才有了此名。

我很赞同他对那位深受抽动秽语综合症折磨的男人的态度，转头就去询问那个男人的名字，以示自己的友好与包容。

那个男人以很快的速度扭动了一下自己的颈子，有些诧异地说："操你妈 … 我叫闽菜 … 你妈了逼！"

我没有再问过他的名字，也许他的名字并不是"闽菜"这两个字，也许会是"敏才"，亦或是"闵材"，甚至是"民彩"，不过这已经不重要了，重要的是我可以从他肌肉张力紊乱导致的颈部抽动和他大声说出秽语时眼神里的黯淡中感受到他的无奈与痛苦。

我可以想象在他喉部与胸腔之间存在着一个豺头人身的安努比斯，用手中的权杖将他从意识里提取出来的词汇在喉部化为永不腐烂的木乃伊，并在转瞬间使尸体复活，变异成失去灵魂的生命。

在他对我口吐秽语的时候，我差点难受得哭出声来，不是因为觉得自己受到了侮辱，而是觉得人类的精神竟然还可以如此蹂躏自身。我不会再去询问他的名字，他在无法准确表达自己名字时的尴尬简直就是一场人类学上的灾难。

急于挽回局面的说辞在他的喉部形成了一连串的爆发性喉音，他满面通红，想要摆脱束缚在他前额叶与喉咙之间的邪恶把戏，可他所有的挣扎和努力最终都化为了声音洪亮的闹剧。

"鸡巴毛 … 再来一杯 … 屌玩意儿！"

接触时间长了，我鬼和我都发现，其实闽菜是一个很有礼貌的人。他会在要求再倒一杯酒之前点头示意，我们从他的眼神里可以看出友好的请求，只是伴随着颈部的抽搐，惯常的请求和礼貌用语会变成"操你妈"或者"鸡巴毛"。

他还会热情地跟我们讲述他自己的事情，在说到遗憾或者不甘的情形时，常用的词语比如"太可惜了"或者"哪能那样呢"就会被"呆逼"或者"一逼屌糟"取代。在接触了足够长的时间之后，我们已经可以将他口中的污秽词语完全自我翻译成正常并风度翩翩的绅士会话。

　　语言的意指终于突破了表达符号的限制，在约定俗成的语言体系中挣脱了语法与单词的清规戒律，重新回归到了所指之本身。

　　我们接收到了他能指的真实信号，他不再是一个在无人的荒岛上燃起篝火苦苦等待营救船只的孤独求生者，营救的船只发现了他，他在我们的船上生还。

　　"二位对将来的生活有什么打算吗？"闽菜文质彬彬地问我们。

　　生活于我来说，在进入到这栋大楼之后便不再具有本来的面貌。我现在已经无法静坐或者平躺下来，只能不停地在房间里或者回廊中行走。

　　走的是那么缓慢而且歪斜，像一个刚刚学会走路的儿童，至于为何会这样却完全没有头绪。以前的我可以静静地坐在椅子上写一些诗歌和随笔，晚上舒适地躺在卧榻上看窗外的灯光，这样的生活已经完全离我而去了。

　　即便是和我鬼以及闽菜聊天的时候，我都在围着桌子步行不止。注意力也在逐渐失去，我感到自己可以听见人们的对话，然而却越来越丧失与他们交谈的能力。

　　大部分时间里只是点头或者摇头，眼睛直直地盯着某一个地方，思维和集中力四散奔逃，即便我不停地无规则行走，依然无法追赶上自己仓皇而去的神智。我在这栋楼里的时间已经足够久了，它也开始对我产生了影响，我们没有人可以摆脱这样的影响。

　　也许大楼管理员说的话是对的，我们不会在这栋楼存在的时候死去，也不会在这栋楼毁灭了之后活着。我们都是这栋楼的一部分，闽菜也好，我鬼也罢，谁也逾越不了这样的命运。

　　听到闽菜的问题，我鬼放下手中的酒，开始往自己的右脚边呕吐。他每次吐出来的东西都不一样。自从第一次吐出来旧报纸和仪器零部件之后，相继吐出来过啤酒瓶盖、整盒的香烟、打车的发票、女士丝袜、陀思妥耶夫斯基的小说《白痴》、雨伞、垃圾袋。

他有时候会把吐出来的东西捡回去继续用，直到某一天无缘无故地消失了，再从自己的胃里一次一次地把它们吐出来。

他吐完了，用吧台上的餐巾纸擦了擦嘴角，右脚边的地上是一堆打口磁带和创可贴。

闽菜颇为体贴地为他拍了拍后背，递过去一杯兑了水的苦艾酒。

我鬼的表情很严肃，他把下巴收进去，整张脸与平面形成大约三十度的夹角，语重心长地说道：

"未来的生活除了团结与抗争，不会再有别的选择。我的朋友们，你们应该都知道古巴革命，推翻巴蒂斯塔政权、发展游击战理论的领军人物不是别人，正是 1967 年在玻利维亚被杀害的埃内斯托·格瓦拉，别名切·格瓦拉。'走上街头，走入丛林'、'全世界的无产者联合起来'一直是我的人生信条和行为准则。我的朋友们，你们可知道，为了向西班牙游击队致敬，我曾努力地学习过西班牙语。令人遗憾的是由于先天上的缺陷，我无法发出西班牙语里的卷舌音而不得不放弃了这门语言。但是我没有放弃我的人生信条，受到菲律宾新人民军精神的召唤，我已经开始认真地学习菲律宾语，做好准备以便将来随时投入到菲律宾新人民军对抗政府的游击战中去。虽然我只是一个按摩技师，但我从来没有一刻懈怠过团结人民。我常年在楼里宣扬团结与斗争的理念，和每一个我遇到的特别是来做按摩的人普及共产主义、自由、平权、斗争的思想，他们愿意听就是我的胜利。当务之急，我们的首要任务就是联合这栋楼里所有可以联合的人们，推翻大楼管理员的统治，推倒大楼，让人们生活在平等、健康、没有剥削和压榨的环境里。我的朋友们，在这个过程中会有很多磨难与困难，但是我们不要怕，要克服困难，克服磨难，无产者团结起来是无所畏惧的！"

　　大楼对于楼里住客们的威慑是根深蒂固的，大部分人已经放弃了自己之后的生活，过着得过且过的日子。

　　谁也不想终日郁郁寡欢，在有限的生命里，许多人选择了彻底的狂欢。毕竟谁也离不开这栋楼，大楼提供了入口，却不让里面的任何人离开。

　　无法承受的人选择从天井里跳下去，化作无法理解的图案，诡异的六边形肯定象征或预示着什么，只是我们无力解读。我鬼的想法是积极的，但是无论是管理员还是大楼本身，都不存在被推翻的理由。

　　我们需要的是离开这里，找到出口，在不会腐蚀我们的环境里生存，而不是在腐烂里斗争，夺权，那样并没有意义，我们依然逃避不了被锈蚀、被衰败的趋势。

　　我没有作声，自顾自地环绕着房间不停地移动，在人与人的缝隙中腾挪。闽菜的想法比较中肯，他只希望以后自己的病症可以得到控制，这样他就可以用他自己原初的语言与人们交谈，而不是用自己的秽语伤害彼此。

　　"酒，我们需要酒，就像革命需要激情，像斗争需要动力。在这没有睡眠的夜里，酒是思想和进步的源泉。无产者和资产阶级，贫民与贵族，在酒的面前都是平等的。酒是我们追求公平、均分、共产的绝妙行动代言。让我们共同来喝一杯吧，朋友们，为了革命！为了共产主义！"我鬼在喝了几杯兑水的苦艾酒之后躁动起来，像一只爬向网中猎物的蜘蛛。遗憾的是没有人与他碰杯，他们听见"革命"和"共产"这两个词就兴致全无，一个个付了酒钱之后便起身告辞了。很快房间里就变得空荡荡的，只剩下我、闽菜和我鬼。

　　"庸俗的人们，让他们走，他们宁愿在这栋楼里腐烂，也不愿意团结起来共同争取应得的权利和希望。就算革命会失败，就算我们终究找不到出口，可连尝试的勇气都没有，这不是一个无产者和游击队战士会认可的做法！愚蠢的人！”我鬼想砸掉手里的杯子，他把杯子举了起来，可终归又把手放低，重新倒了一杯冰镇的野格。

闽菜的脖子连续抽搐了两下，左手举起来拍着自己的头，像在修一台坏掉的电视机。

他问我鬼："那你觉得怎样才能找到出口呢？"

"必须把那个独裁者，象征封建统治阶级的管理员抓捕起来，不得已时也要刑讯逼供，逼问他大楼的出口，这是为了人民，是为了所有楼内居民共同的利益而不得不做的恶行，这是可以被原谅的。我不相信身为这栋大楼的管理员会不知道出口在哪，对阶级斗争相当敏感的我不接受这样的逻辑。"

抓住管理员逼问，这不失为一个办法。

我鬼说的有道理，身为这栋大楼的管理员，理应知道一些别人不知道的事情。

虽然他确实和这栋楼一起在枯萎（如果那个女人说的是真的，他以前真的是高大、英俊、毛发浓密的话），但是这并不能代表他就不知道应该如何出去。也许他有天生的自毁倾向，也许他有不能出去的苦衷，但是他可以告诉我们该如何出去，我们应当有知情权和尝试的机会。

不过这么简单的道理，我们可以想到，别人也应该可以想到，难道以前就没有人这么干过吗？我在不停移动的过程中思索着这个问题。

闽菜附议了我鬼的言论："他妈了个逼的，就这么办…活呆逼！"这是他说过的最温柔也是最有力量的一句话，这句话如此的难能可贵，使得我鬼与我都暂时停下了该如何开展抓捕管理员行动的思考，沉浸在这句子里用词和语义完美结合的颤栗美感之中。这感觉是晚唐之时，白乐天第一次读到李义山"昨夜星辰昨夜风，画楼西畔桂堂东"之时的激赏。

闽菜的这句话，翻译过来是这样的："抛开所有的不确定因素，就这么办，是开启一切变革与机遇的必经之路。"

§

作为一只猫来说，吾的日子过得并不清闲。

除了睡觉、吃饭、大小便、清理身体、玩球球、上蹿下跳之余，吾还侦察着每一个与他有过接触的人。

不要误会，吾并不是训练有素的腹黑猫（虽然吾的毛发是黑色的，唔），也并没有人指使吾这么干，吾这么做完全是自发的并且有着充分的理由。

至于理由是什么，吾暂时还不能明说，流浪汉与吾之间确实有些不为外人所知的秘密，"他"好像也察觉到了什么，可吾还不打算告诉"他"，是的，吾确实是一只神秘的猫，如果事到如今谁还把吾当作是楼里那些被交配欲望冲昏了头脑的无知猫类，那真是可笑至极。

吾第一个追踪的人便是大楼管理员。

吾也想从他身上发现一些秘密，比如大楼的出口在哪、他向谁赴命、他私下里会不会与楼里的女人乱搞等等之类的。

但是吾失败了，吾作为一只神秘的猫第一次在人类身上尝到了挫败感，大楼管理员的身体非但没有气味，甚至连脱落的头发都不知所踪。他真的是人类吗？吾在失败后曾经这么想过，确实是彻彻底底的失败，吾到现在连他住在这栋楼的哪里都无从知晓。

而那个声称深爱管理员的女人，就容易追踪的多了。

她的气味虽然会被香水味掩盖掉一部分，可这根本难不倒本猫。

吾经常不露痕迹地潜伏在她的门前，观察到各式各样的男女出入她的房间。

房间的隔音效果并不好，吾可以听见房间里的动静，有低沉的男人喉管里的喘息声，还有她略显嘹亮的呻吟。

如果进去的是一个女人，那么一开始的声音就会轻柔的多，两个女人的温软低语是月亮上传来的歌声，是鲁米诗里"用嘴巴去体味爱慕者嘴巴的味道"。

吾更喜欢听两个女人的纵欲，尽管吾是一只雌猫。

女人与女人交配的声音里有足够的挑逗、触摸、舔舐、摩擦，她们嘴对着嘴互诉爱意的时候是真心相爱的，她们的乳房、大腿，脚底彼此摩挲的时候是全神贯注的，吾甚至觉得这与性无关，而是她们从另一个女人身上真实剖析、了解、接受自己的完美途径。

叫我鬼的男人确实是按摩店里的推背技师，他的身上有浓烈的混合烟草、精油和中药的气味。

他每天做完工就开始喝酒，喜欢和工友们聊太宰治和加沙地区阿拉伯人民的苦难。

他推崇共产主义，反对资产阶级的剥削，提倡阶级斗争，经常在醉酒时呼吁全世界无产者都联合起来对抗资本主义社会。

可经过吾的长期侦察和分析，吾并不觉得他是个真正的无产阶级斗士，只是生活与剥削让他疲于应付，而贪图享乐同时软弱无能的内心却寄希望于共产所能实现的平权、均分、无差别。他是一个口头上的共产主义者，是所有被生活压榨的底层懦夫的代表，他的理想其实是与别人一样，而不是真正反对谁。

言语中说要去西班牙参加游击队，要去加沙解救阿拉伯人民，要去菲律宾响应新人民军的召唤，可从未有丝毫切实的行动。吾虽然只是一只渺小的黑猫，可吾觉得自己的行动力也比他要强得多呢。

患有抽动秽语综合症的男人在直觉上就让吾排斥，他说话的声音太大，太突然，有时候还会伴随着突如其来的抽搐和拍打，要知道吾虽然不比其他庸俗的同类，但吾毕竟还是一只猫。

猫对这种突如其来的动作和声响十分敏感，吾相当痛恨随时都要如临大敌的感觉。

吾见识过文艺复兴时期的雕塑与建筑，体验过与表现主义画派及印象派画家共赴沙龙的经历，二战期间吾还穿梭于欧洲战场，与为数不少的波兰犹太人和俄军将领结为好友。

在现在的俄国冬宫美术馆内，还收藏着列宾为吾画下的肖像。吾可是见过世面的猫，岂能愿意被这样满口脏话的小子吓唬？不过这小子的生活还真是简单，每天除了吃饭睡觉，就是坐在窗边一边大声地说着与生殖器有关的脏话一边自慰。吾对锥体外系的神经疾病并无研究，侦察了他几次之后便腻味了。

听说按摩技师、秽语男和他三人密谋绑架大楼管理员，逼问管理员大楼的出口在哪。

说实话，吾对他们并不看好。管理员在这栋大楼里这么多年了，应该也没少遭遇这样的住客，虽然吾承认他是一个令人厌恶的人，但同时吾觉得他确实有着一些手段，一个人管理着这栋大楼，面对着楼里这么多心怀叵测的人们，却从未出过什么差错。

这不是一个庸庸碌碌的管理者可以做到的，而且他的身体没有气味这一点一直让吾觉得不安，在吾的认知体系里不存在没有气味的事物，气味是吾定义一样事物的重要组成，简单来说，如果一样事物没有气味，那么吾就不能算是认知了这个事物，最起码不能算是完整地认知了它。

直到如今，管理员在吾的人物图谱里还是一个零散的形象，就好比人类在识别他人时，发现这个被识别者缺少了脑袋、大半截上身、右腿的向内剖面、脚踝以下部分这样的体验。

总之，管理员给吾非常危险的感觉，吾如果是那三个人，就绝对不会轻易靠近管理员。

吾想警告他，但是吾还没有想好用什么方法。

§

"我"已经无所事事有一段时间了，自从那天深夜看见黑猫和流浪汉待在一起窃窃私语，"我"就一直打不起精神来。

每天深夜的来客们让"我"无法入睡，事实上就算他们不来，"我"也根本没有睡意。

黑猫在夜里经常出去，到天亮了才会回来，时不时地会叼回来一些平常又奇怪的东西。

半截口红、微型电扇的开关、发蜡盒的盖子、金鱼的尸体、指甲油的空瓶，它把这些东西堆在二楼的角落里，像一个靠捡拾垃圾生活的老太太。

"我"不会去回廊里找它了，"我"不想再看见它与别人亲热，那样会伤害"我"——被推进真空里的孤独。

"我"每晚只站在房间里的人群中，看墙壁上的画。

墙上一共有七幅画。"我"从墙的最左面看起，第一幅画的色彩是金黄与深棕色的混合，画的线条感和形状感很突出，没有具体的形象，视觉勾勒出立体的人物轮廓，是典型的立体主义画派的笔法，让"我"想到了年轻时候的勃拉克。

第二幅画是一艘巨型轮船的船首与桅杆，整个画面是 45 度的仰角，船首显得异常的巨大。桅杆是黑色的，船身外的空间是粗糙的勾白，一只白色的海鸥环绕在船身一侧，海水是泛着赭色的黑。表现主义的手法在这幅画里非常明显，对于"船"这一形象的内心诠释不免有些粗野。

第三幅画是由各种颜色的实心或空心圆圈构成的。黑色、蓝色、黄色、红色、绿色的圆圈像一个个从画框底部升起的气泡，一直蔓延到画框顶部，事件背景是白色，整幅画在红色的墙上，是一张错乱的面庞。

"我"看完了前三幅画，却总是无法看到后四幅画的样子。

它们被纷乱的人头遮挡，每晚都被遮挡，这一偶然出现的交错事件已经成为了"我"在深夜里观画的必然阻碍，甚至让"我"觉得"我"可能在"深夜纷乱的人群中观画"这一事件里成为了一个无法完成事件的主体。

当诸多的不确定因素汇聚在一起使得这个庞大的"不确定因素聚合体"发生器质性变化，开始吞噬其周围所有的确定和不确定因素的时候，吞噬能力之强会是前所未有的，就连形成事件基础的原初动因都逃不出这个吸力巨大的高密度合成体。

它是概念事件宇宙中的黑洞，"我"甚至怀疑这也是大楼里产生的许许多多变质异化体中的一个，是这栋楼颇具特色的产物。

很多个夜晚过去了，"我"不再在热闹的夜里站在人群中看画，而是将目光转移到了墙壁上的裂缝和角落里拱起的地板边缘。

裂缝里很久没有爬出来蚂蚁和蜈蚣，地板边缘也不再漫出含有沙子的盐水，曾经在吊顶下的射灯上筑巢的织布鸟不见了踪影，"我"有些担忧。这栋楼一定在酝酿着什么，"我"说不好，但肯定是这楼里的人们所难以应付的。

§

闽菜和我鬼这几天晚上都没有来，我知道他们一定在为寻找到管理员的踪迹伤透了脑筋。

那个深爱着管理员的女人在某一天的夜晚出现在我的吧台前，抽掉了差不多整整一盒烟，告诉我她已经找了他很多年了，却从来没有找到过他，这大楼里的每个角落她都没有放过，甚至连水表井和通风管道都被她仔细地筛查了一遍。

他是个幽灵，她说。

管理员只在他应该出现的时候出现，拎着一个硕大的黑色公文包，包里是物业费通知和水表刻度清单。

我可以想象得出他潜藏在这栋楼里某个不为人知的角落，看着人们为了寻找到他而大动干戈，看着爱他的女人为了追求执着的爱而爬进通风管道。

他一定在冷眼看着这一切，他不但管理着这栋大楼，还观察、归类、分析这楼里的每一个人，像门捷列夫为元素周期排序一样梳理着人们的情绪、欲望、行为周期，我怀疑他不仅仅是这栋大楼的管理员，他还是这栋大楼的建造者和所有者。

他把形形色色失去以往记忆的人们囚禁在这栋没有出口的大楼里，供他观察、剖析、把玩，其目的可能只是为了满足他无法宣泄的性欲，弥补童年时的心理创伤，或者只是一种常人无法理解的邪恶爱好。

女人的话让我的情绪有些低落。

我们的革命还没有开始，就已经朝着衰亡迈去。

我曾以为所有的革命都会是轰轰烈烈、惊世骇俗的，无论是思想文化领域，还是军事政治范畴。

两种新旧观念的对立冲突、两个利益团体的不同诉求，在精神、艺术、技能、装备、肉体等层面短兵相接，激烈交火。

革命在本质上是浪漫的，是一粒细菌杀死一枚白细胞的逆转，是所有诗歌里的梦境对语言学的挑战。

革命本该是如此的，而我们的革命却失去了对象，失去了标的，这样的革命是可笑的、滑稽的，是从一开始就注定失败的闹剧。

我伸出右手，想去拿吧台上的酒杯，就在这个时候，大楼开始崩塌了。

天花板和墙壁的外皮大块大块地剥落，墙上的裂缝在颤抖中张开，像一个通往黑暗之地的洞穴。

窗户玻璃抖动个不停，角落里的地板边缘纷纷翘起，门虽然还在门框里屹立不倒，可周围的轮廓全部歪斜了。

这是这栋楼的第一次崩塌，人们惊恐万分，在慌乱中紧紧抱住离自己最近的他人，吊顶上的射灯明灭不定，水管里有水流出来，就在我房间里其他人都失声尖叫的同时，我发现我的右手不听我的使唤，开始不自主地、规律性地顺时针旋转，小指无意识地向内直直勾起，是这个半圆形旋转动作的顽强指向标。

吧台在我身前晃动，我想把那个杯子拿起来，不停扭动的右手却把杯子与酒撞翻出去，泼洒在渐渐平息下来的吧台上。

而我的右手并没有平息下来，它扭动得越来越剧烈、肆意，稳定的旋转规律是一首无声的弦乐，在其他人杂乱无序的叫喊声中显得尤其优美。

第一次崩塌只持续了大概两分钟就结束了，整栋大楼像缓缓熄灭的燃油机，在无人睡眠的夜里散发着炎热的混乱与恐惧。

明灭不定的射灯在颤动停止后闪烁了一下，随即全部回归了黑暗。

房间里一片漆黑，抱在一起的人们不再尖叫，惊魂初定的他们感受到了在彼此怀中的另一个肉体，眼睛看不见，他们就用手掌和鼻子去探寻彼此肉体的形状、肤质、软硬度、气味。他们之前抱在一起的时候并没有刻意地去选择彼此的性别、年龄、相貌、身材，一切发生的是那么快，他们的选择大部分是随机的、武断的、草率的。

慌乱后的黑暗令人迷乱，他们在经历了这场小型的浩劫后有一种重生的喜悦，狂欢的欲望在目不能视物的环境里水纹一般扩散，他们的鼻息加重，他们的手掌在彼此的身体上抚摸得更加有力，他们的嘴唇发烫，当彼此的舌头交缠在一起的时候，可以清晰地听见水蒸气升腾的声音。

聚众的狂欢没有边界和底线，他们好像并不在意将来还会有怎样的局面，他们的注意力只是自己怀中的人，一具热气腾腾的肉体，可以用器官和言语给彼此以短暂的极致安慰。

房间里所有的人都滚倒在地板上，此起彼伏的呻吟和秽语像低空里缓缓流动的雷云。

我用左手紧紧地握住右手，从吧台里小心翼翼地走出来，跨过两对正在地板上交媾的男女——黑暗中无法辨认性别，从大概的轮廓上看有可能是——沿着楼梯慢慢地走上了二楼。

二楼对于我来说，一直是这个房间里的一个盲点。在我的印象中，这个房间里是没有楼梯和二楼的。

不是因为狭窄的楼梯隐藏在吧台背景墙壁的后面，也不是因为二楼像一个神秘的隐喻一般悬架在赤红色的吊顶之上，只是我单纯地认为房间便是门后这一片开阔的场所，而不是借用任何道具和媒介成为了视野里曲径通幽一样的存在。进入二楼，就像发现了一个房间的秘密，是符号之后永不褪色的本意。二楼空无一物，"我"和黑猫都不在这里。

地板上干净得一尘不染，就连刚才那场骇人的崩塌都没能使得地板沾染上丝毫灰屑。

我独自坐在二楼地板的中央，开始思索这一段时间以来发生的事情。

猫和"我"上过公交车，房间里的地板与桌椅也不是凭空出现的，但是这些事件的发生在我脑中只有一个粗浅的轮廓，细节部分像被美工刀齐齐裁去的纸页边缘，在记忆里早已化为风烟。

理性逻辑告诉我，我曾经出入过这栋大楼，黑猫与"我"应该都可以作证，但是他们都不见了。

我的记忆有可能随我的睡眠一同沉降到了岩层和海洋的深处，形成了虫蚁的琥珀和黑色的原油。

我也有可能是管理员的同僚或者帮凶，在没有睡眠的深夜里聚集楼里的人群，供之以他们酒精与烟草，使他们焦躁不安的精神得以狂欢与麻醉，于是便守护了这个大楼的夜晚。

我开始怀疑自己是这栋大楼的守夜人，与管理员一样行使着自己的职责，并同样在这栋大楼的腐烂里失去着自己。

与管理员失去了毛发、相貌、身材不同，我失去了自己的记忆与睡眠，失去了生活在这栋大楼里的目的，失去了正常走路的功能和右手的控制权，现在连黑猫和"我"都离开了我，不再在深夜的二楼里窃窃私语。

我已经没有什么可以再失去的了，这一场崩塌就是一场启示。

楼梯上有凌乱的脚步声，我鬼和闽菜小声呼唤着我。我想象得到他们两个举着手中的烛火照亮楼下地板上纠缠在一起的人们的脸一张张辨认，最终没有在遍地的性欲和生殖器里发现我。我坐在地板上没有动，他们二人坐在我的两边，手中没有烛火。

我看着他们在黑暗中根本看不清的脸，用一种漆黑的口吻说道："留给我们的时间不多了。这栋大楼一直在孕育的事情终于发生了，并且必将持续发生，直到整栋楼毁灭殆尽。管理员消失了，可我们的革命还没有失败，我们会找到这栋大楼的出入口，拯救自己和他人，让大楼与管理员的阴谋不能得逞。所以，我们三个要一起去探索整栋楼里唯一还没有被人探索过的地方。"

我鬼和闽菜的表情在黑暗里是一团转动的空气。

他们都陷入了沉默，流逝的时间是一只蜷缩在地板上的蜈蚣，从我们三人面前缓缓爬过。

首先打破僵局的是我鬼，他猛地开始往二楼的地板上呕吐，吐出了大量的玻璃球、圆规、鱼缸、眼镜盒、花盆、筷子，这些东西在黑暗中滚落在地板上，用手可以辨认出它们的形状。

他的呕吐没有停止，吐出来东西的数量之多是前所未见的。

坐在我身边的闽菜这时突然一跃而起，沿着细小的楼梯直奔下去，楼下大厅里人们的狂欢还没有完全结束，闽菜站在他们中间，急切地掏出自己的生殖器，一边大声地说着难以想象的污言秽语，一边对着黑暗中扭曲的身体激烈自慰。

我鬼的呕吐持续了足足有十分钟的时间，二楼的地板上铺满了各式各样的器具和物体。

闽菜也沿着楼梯回到了二楼，脚步声里有不易察觉的满足和疲倦。

"你们都考虑清楚了吗？"我在黑暗里的声音像极了一个守夜人。

"为了革命！为了无产阶级！"

"操他妈了个逼的！我就日他全家！"

是的，这是最动听的行动宣言。

§

吾离开了，虽然有些舍不得他和"他"，但吾有更重要的事要做。

大楼的第一次崩塌完全在吾的意料之中，实际上最先得到消息的是墙缝里的蚁穴和吊顶下的鸟巢。

它们早早地察觉到了整栋大楼内部振动频率的异常以及墙与墙之间空气里灰尘颗粒的变化，在变故发生之前就撤出了房间，隐蔽到相对安全的避难所里去了。

临行前它们与吾作了简短的告别，将蚁穴和鸟巢赠与了吾。

吾在它们离开后不久也离开了这个房间，吾还有人要见。

大楼有一层是夹层，介于十七层与十八层之间，夹层没有房间，也没有通水电，没有人会待在这里，只有流浪汉独自居住在这里，这里是他的王国，他的故乡。

他从夹层里的黑暗中走出来，像一个被篡夺了王位的君主。他的手里攥着一瓶锈红色的液体，像紧握着君主手里的权杖。

所有人都认为权杖是君主威严与势力的象征，只有手握权杖的君主才能打造军队和骑士，权杖是点石成金的魔棒。

然而事实的真相是，君主无法造就骑士，骑士只能被战争造就。

如果说君主是一个国家权力代表的人性化隐喻，那么权杖便是这个隐喻之上原初现象的现实投影。

流浪汉一直在收集着这样的投影，他管理着人们的情绪，在人们的故事里了解人们的想法和欲望，他用滴管采集人们的情绪，并将这些情绪汇总、融合，打造出人们情绪世界里的权杖。

吾从一开始就看透了流浪汉的意图，流浪汉对吾也并没有任何隐瞒。

吾与流浪汉之间的关系更像是流亡君主与谋士、怀才隐士与伯乐这样的组合。

吾这次来见他，是来告诉他时候已经到了，我们可以开始行动了。

流浪汉的表情罕见地严肃起来，他用正方形的、带有肾上腺素气味的声音问我："行动之前，你还有什么事情要办的吗？"

吾当然有事情要办。

吾绝不会忘记，在那个女人的房间里，有一张白色的茶几，茶几边缘摆着一个大肚的鱼缸，鱼缸的上沿是绽放的裙摆式样，缸里的清水中有一条美丽不凡的金鱼。

有那么一天的深夜，女人的房门没有关严，吾从虚掩的门缝里钻进去，顺着女人的气味一直进入到女人的卧室。

吾走路没有声音，吾的眼睛在黑夜中视物清晰。

卧室里的地板上歪倒着一双高跟鞋和一团漆黑的虚影，床上有两个人类互相亲吻的声音。吾没有去看女人穿着丝袜的脚是如何紧紧地纠缠在床上那团虚影的身上的，也没有去听她和那个模糊的影像在吮吸着互相的舌头之余嘴里互诉的爱意，吾的注意力全部集中在卧室里的那张茶几之上，吾被那只鱼缸里的金鱼深深地吸引住了。

它就那样闲适地躺在鱼缸的中心，鳃部一张一合，吞咽着水里的氧气，吐出寂静的声音和一连串的上升气泡。

吾不能确定它的颜色，作为一只猫，吾只能分辨蓝色、紫色、绿色、黄色，对于红色、橘色、棕色，吾就无能为力。

吾觉得它应该是红色的，它是整个透明空间里的重心，是电影《辛德勒的名单》里穿着红色外衣的女孩。

吾对它的喜爱不仅仅是出于视觉上的震撼，更对它从毫无杂质的清水里散发出来的气味赞赏有加。

它的气味是柔软的，带着一点潮湿，是纱质的，有轻盈的浪漫。吾没有在别的物体上闻到过这样的气味，这气味让吾无法抵挡，吾觉得自己恋爱了，是香水师格雷诺耶对少女体香的迷恋。

吾恋爱了，吾对着流浪汉喃喃自语。

他听不懂吾的语言，只是一脸的狐疑。跟我来，吾对他说，转身往女人的房间跑去。

经过第一次崩塌，楼层之间的结构变得松散了许多。楼梯的某些部分凹陷了进去，有一些墙歪斜了，一些房间的门从门框里移位出来，回廊里的地面破裂开，水表井里偶尔会喷出水线。

对吾而言，这样的行进路线并不算困难，可对于流浪汉来说，这简直就是不可能完成的旅程。吾在女人的房间门口等了他差不多一个朝代更替的时间，他才气喘吁吁地跟了上来。

女人房间的门已经从门框上脱落了，实际上她的房间从外面看起来有些扭曲，门两边的墙体有破损，进门处的地板全部翘了起来。

"气味有些不对"，流浪汉说。

是的，气味确实有些奇怪，吾当然知道。

吾在门口等了他这么久而并有自己先进去就是因为吾闻到了一种奇怪的味道，这味道令吾不安。

可吾不能退缩，吾心爱的恋人还在这个房间里等着吾去解救。

吾沿着上次已经熟悉的路线钻进了女人的卧室，中途绕开了翘起的地板掉落的碎镜子渗出的污水被丢弃的湿纸巾，吾在流浪汉刚刚跨入房间的时候已经来到了卧室里的茶几下方。

注意力是两点之间的一条直线，鱼缸是它的家宅，清澈的椭圆形水氛是它的呼吸。

吾的感官全部集中在吾爱人的身体和堡垒上，因专注而错乱，至此吾的爱意被移觉成了一首在直线的两端游动的诗。

吾的爱人，身体还是那样的轻盈柔软，只是不再在水里漂浮，它好像累了，将身子斜过来，沉在水底，鳃没有张合，梦幻般的嘴角也没有吐出气泡。

鱼缸的重心倾斜了，在白色的茶几上摇摇欲倒。吾突然发现吾看着的不是鱼缸和金鱼，吾看着的是一种审美的消亡，一个美丽的国度在吾眼前无可挽回地逝去。

"她死了"，流浪汉的声音在吾背后响起。

吾这才转过头来，发现了床上死去的女人。

她在死前还是那样的歇斯底里，将自己精心打扮得楚楚动人。

身上没有伤痕，窍穴里也没有风干的淤血，她就这样死去了，在大楼的第一次崩塌之后成为了这栋楼枯萎的生命力的一部分。

吾还记得在那个夜里，她和一个连吾的视力都无法看清的黑影，在这张床上用身体上彼此相应的部位一次次地占有对方。

女人和虚影的手臂以及腿脚缠绕在彼此的躯体上，摩擦地是那么激烈，如同两株生命力旺盛的野生藤蔓。

而现在她死了，吾记忆中的激烈和旺盛好似与她毫无关系，是脱离了她身体的代谢物，是无法再生的一次性能源。她和吾的爱人同时死去了，像一对殉情的恋人。

吾甚至怀疑那一晚根本就没有什么模糊的虚影，与她在床上翻滚的一直都是吾一见钟情的爱人，是那个生活在透明堡垒中的尤物，是那个以自己轻柔的妩媚平衡了整个空间的美人。

而吾，有可能在当晚，正是现在床上死去的这个女人。

§

"我"离开了那个房间，猫已经走了，甚至在临走前都没有与"我"告别。

二楼对"我"来说不再舒适，相反变得压抑、沉闷，像独自在轨道里航行的太空舱。

"我"看腻了楼下墙上的画，厌倦了站在拥挤的人们之间被他们遮挡，房间的主人像一个深夜的守护者般守护着他们，予他们安定与狂欢。他们不停地啜饮着草药味和麦芽味的酒水，如同啜饮着母亲的乳汁。

守护者的形象起源于母亲，家宅的形象起源于子宫，他们终其一生都摆脱不了婴儿时沉睡其间的臂弯对他们造成的影响。

"我"几乎可以断定，他们所做的每一件事的根源都是为了重温自己仍是一粒胚胎的时候那种超越感官的认知。

"我"不想再观察他们了，他们使我觉得贫乏，很显然"我"和我并没有相同的抱负和观念，"我"觉得自己属于别的地方。

大楼第一次崩塌的那个夜晚，"我"走进了一处门没有锁好的房间，回廊里摇晃得太厉害，"我"需要找一个地方避一避。

房间里住着一个岁数很大的男人，"我"怀疑这栋楼里不会有比他更老的人了。

房间抖动得也很剧烈，衣橱倒在地上，发出很响的声音。

厨房里有碗碟碎裂的动静，玻璃碴从厨房的地板上溅到客厅里，像下了一场密集的冰雹。"我"背靠着客厅里的墙壁，感觉墙体在我身后扭动，是一种坚硬的绵软，是铁器遭遇更锋利的材质后的软糯如泥。

老人并没有显露出丝毫的慌张，他只是坐在客厅里的桌子旁，缓慢地吃着还冒着热气的麦片粥。

一个老人在夜里从不吃东西，实际上老年人并不拥有夜晚，他们属于早睡、起夜、盗汗、惊醒。

"我"相信他平时在这个时间一定已经睡了，只是今晚，他又重新拥有了黑暗。麦片粥是刚刚煮好的，里面还加了牛奶和葡萄干。

老人吃得是那么认真，他可不在乎衣橱是不是倒了厨房里的碗碟是不是碎了墙壁和地板是不是在摇晃，这些都不重要，他实在是太老了，老得对外界的刺激已经失去了兴趣而仅仅只关注自身。

今天的粥吃得很顺利，粥从他的喉咙进入衰老的食道，居然并没有引起他平时经常性的食道痉挛反应。

他吃的很缓慢，但是坚定、愉悦、不可阻挡。天花板在塌陷，有灰尘掉下来，落在他的头上，肩膀上，粥里，他不管，还是一勺一勺地进食。

粥混合着灰屑进入到他的胃里，被稀薄的胃液消溶、分解，转化成糖分和热量，使得他的中枢神经兴奋、满足、在保持咀嚼的黑暗里轻松得像一个孩童。

老人终于在第一次崩塌结束之前吃完了麦片粥，他舔了舔勺子，轻轻地把勺子放下，整个人舒展、饱满，是一个平面几何中达到完美的圆。

他对着黑暗中"我"站立的位置，十分冷静地说："我已经准备好了，你可以来带我走了。""我"从站立的阴影里走出来，老人仍然没有看见"我"。

崩塌停止了，房间里的灯在之前的摇晃中熄灭了，"我"不知道要带老人到哪里去，老人的呼吸却渐渐变得微弱起来。

他的眼睛一直睁得很大，"我"可以看见他的瞳孔在眼睛里逐渐放大，直至成为黑洞，吞噬着眼里的神采。

老人的躯壳幻灭了，他在最后的意识里猛然看见了"我"，黑洞收缩成了一个点，他始终没有能够说出话来。

"我"看着老人的身体在这个房间里雾化，升腾，成为黑夜里的漩涡，被吸入墙壁之间的裂缝中去了。

他原来坐着的位子上出现了一个婴儿，这个婴儿延续了老人死前最后一刻的惊讶与激动，在看见"我"第一眼的时候便承继般地放声大哭。

"我"把婴儿抱起来，走出了这个房间。

§

"谁先跳？"我站在回廊里天井的围栏边，看着我鬼和闽菜，有些戏谑地问。

"开…开什么玩笑？跳下去？"我鬼有些吃惊。

"是的，跳下去。"我很肯定地点了点头。

"我以为我们可以走到一楼的大厅里去。"

"一楼没有天井，一楼只有大厅。"

"如果非要跳的话，那为什么不从二楼跳？这么高的地方跳下去必死无疑。"

"二楼距离我们的目的地太远了，实际上我们的终点是那里。"

我本来想举起右手，只是右手旋转得太厉害了，完全不听我的指挥。

所以我举起了左手，指向天井上方。在经历了第一次崩塌之后，大楼里的很多地方都愈加破败，唯独天井却仿佛丝毫没有受到影响，矗立在整栋大楼的中央，如同一个空间里的实体。

因为没有光线，我们看不清顶端的轮廓和颜色，也许根本就没有顶端，大楼对于我们来说，可能就是一个没有边界的宇宙。我们诞生在这里，成长在这里，因它而活，因它而死，在这里爱与恨，嫉妒与同情，分歧与合并，斗争与妥协，可我们从来没有出口，寻找出口的人是异类，无人怜悯，无论大楼如何腐烂、衰败、崩塌，人们在楼里老去、死亡、化为灰烬，大楼就是大楼，宇宙本来就没有出口。

我鬼和闽菜顺着我手指的方向望上去，可以清晰地看见一个巨大的六边形悬浮在我们的头顶，如同一张令人绝望的蜘蛛网。

闽菜用力地拍着自己的头，喉咙里不停地发出响亮的爆破音，我鬼站在他旁边，反倒镇静了，掏出一根烟点着了抽起来。

"流浪汉曾经跟我说过，以前有一个人跳过天井。没有尸体，没有血迹，什么都没有，只有一个巨大的六边形图案。现在这个六边形图案又出现了，我会跳下去，不，实际上应该是跳上去，我要进入到那个悬浮在我们头顶的形状里去，那里应该有我们要寻找的答案。"

"你疯了。"我鬼说。

"不，我没有疯，六边形的出现不会没有意义，而天井也是这栋楼里最奇特、最不为人了解的部分。我相信流浪汉，当我看到他在楼梯间里用滴管吸取别人眼泪的时候我就相信他，我觉得我们在这栋楼里都有着自己的定位和使命。流浪汉的使命便是收集别人的故事和泪水，将信息进行汇总、整理，再传递到别处。有些信息在流转的过程中就湮灭了，有些却在别人那里留存下来，成为别人行动的借鉴与参考，或者再变换了方式流转下去。那么对于我来说，他本人就是一个分配信息的终端，而我接收到了他不知是有意还是无意的信息传递，这个信息在我这里潜伏了这么长的时间，终于在今天成为了我采取行动的重要根据。我不觉得这是偶然的，如果我们的命运和选择在这栋楼里都是注定的话，那么我和这条信息的邂逅也是注定的，我相信它，并会根据它作出我的选择。"

"所以，"我慢慢地爬上了围栏，站在围栏的上方，"我就要跳了，你们来不来？"

"疯了，他妈的真的疯了。"我鬼扔掉手里的烟头，有些犹豫。

"妈了个逼的，跳，我鬼老师，操他妈的，一起，屌活呆逼，跳吧。"闽菜还是这么彬彬有礼，他甚至在我鬼的名字后面加上了"老师"二字，作为一个秽语症患者，他理应是这个病症里所有患者的楷模。闽菜爬上了栏杆，与我站在一起。

"两个疯子，唉。"我鬼无奈地也爬上了围栏，我们三个站成一排，都仰头看着头顶上方的六边形。

六边形是如此的巨大，以至于整栋楼就像是一片乌云下的一株细草。

"要跳了"，我说。

"为了革命"，我鬼在嘴里小声地嘟囔着。

"日他妈逼的全家"，闽菜的声音里最有力量。

我们微微弯曲了膝盖，几乎同时从围栏上起跳。

跳起来的那一个刹那，我们三个不由自主地握住了互相的手，因为手与手之间拉扯的力量不均，在空中我们三人围成了一个圈，六只手连接在一起，在天井里形成了一个标准的六边形。

当上升与下降的界限不再明显之时，那么泥土必将蒙蔽日月。

植物不再向上生长，水流不再一去不返，火焰不再燃烧，只是蔓延。

从脚下升起大雨，湖泊跃上天空，云朵如花，盛开在地表的反面。

我在不分方向的移动中入睡了，松开了我鬼和闽菜的手，这一次的睡眠没有沉降，也没有上升，呼吸在水平线上，鼻孔刚刚浮过所有基准的表面，心跳稳定、有力，在无意识的中轴线上是一节一节有弧度的波纹。

我已经很久没有这样的睡眠了，大部分时间里睡意是单词末尾不发音的字母，空有其形却不在语音的延续中存在。我常常褪下身上的衣物，将手表放在床头，指望空洞的睡意将我拽往八个小时后的苏醒。

可往往在不知深浅的眼睑开合之后，手表上的指针只移动了两个刻度。我怀念睡眠，即便是那样沉降的睡眠。

我怀念地下岩层、棕红色的铁矿石与云土，怀念没有光线的深海、默默死去的孤独蓝鲸。睡眠是一场没有尽头的旅行，没有时间和生命，禁锢与法则。

我在梦里拍打翅膀，想诞生于一根芒草。

空气吞噬羽毛，黑猫是流浪汉的伴侣，生者死去，死亡是新生的婴儿。

秃发短小的男人藏在虚无中，虚无是六边形的阴影。

我迈向巨大的蜂巢，每一个入口都是出口，形状稳定、妖异，旋转的是观察者的眼。

我不知道自己睡了多久，醒来后闻到了烧焦的味道。

我鬼和闽菜距离我不远，正看着远方有些失常的天空。这真的是一片看不见尽头的荒野，有人在边缘点起了一把大火，火势扩张得很凶猛，将我们身后的荒原全部截断。

风里吹来烧荒的烟火味，没有烧完的灰烬飘过来，是一段焦黑的偏旁部首。

他们发现我醒了，告诉我远处有一片巨大的六边形柱群，我循着他们的指引望过去，发现天空都被撕裂，裂纹里是整个巨大的六边形完整的躯体，因为规模太过于庞大，所以虽然我们离得很远，但仍然可以看得清清楚楚。

"我们还活着，证明我们的选择是正确的。"我看着我鬼和闽菜的眼睛，他们的眼睛里有荒野，以及重生的希望。

　　"所有的症结应该都在那片六边形柱群当中，我们的目的地就是那里。剩下的时间不多了，我们要在身后的这场大火追上我们之前赶到那里去。"我看着身后那一场歇斯底里的荒火，大部分的荒野被吞噬了，火焰的上方是被烧成烟灰的杂草与秸秆，在漫天烟浪的吹拂下四散在逐渐焦黑的土地上，形成一个个昙花一现的美丽符号。

　　"这是一片符号盛开的荒野，"我鬼由衷地表示赞美，"我看到的都是革命的标志，都是无产阶级的勋章。只有革命可以这么美丽壮观，只有无产阶级的热情才能媲美这场盛火。为了革命，我们必须前进！"

　　"附议我鬼老师。"闽菜很有礼貌地说。

　　我们开始朝着巨大的六边形柱群进发。

　　由于从来没有在大楼以外的空间里行动过，所以虽然身后的大火来得很快，可我们依然难以自禁地审视着身周的一切。

　　脚下的土地是柔软的，没有遮挡，不会有截断道路的墙壁；与土地相比，天空没有边界，云层后泛着夕阳的颜色，我们才意识到现在已是黄昏。

　　荒野上除了我们，没有别的人类和动物，只有注定要被火焰席卷的杂草。

　　"太可惜了，"我鬼遗憾地自言自语，"我本以为可以看见除了猫以外的其它动物。"

　　"等我们解决了这里的事，出去之后就能看见了。"我对我鬼说。

　　我鬼沉默了一会儿，有些凝重地说："作为一个无产者，我哪儿也不去。"

　　"可加沙的阿拉伯居民还在等着你去解救，菲律宾新人民军也在等着你的加入呢。"我抑制不住自己嘲讽的语气。

我鬼又沉默了，这次沉默的时间很长。"你是一个刻薄的人。"

"而你，是一个虚伪的革命者，一个只活在口号里的无产阶级战士，一个贪图享乐、指望共产和均分来抹除自己与他人差距的懒鬼。

骨子里你就是一个懦夫，没有为自己的言论付诸过任何实际行动，只是用这些空洞的语言来掩盖你对他人的嫉妒和恶意！"

我鬼冲过来和我扭打在一起，我们在越来越炙热的土地上拳脚相向。

我的右手不行了，只能用左手和他纠缠，他比我多一只手可用，局势对他有利，我的脸上挨了他好几记重拳。我觉得这样下去不行，开始和他拉开距离。

他觉得有希望击倒我，只顾着朝我冲过来，要在近身给我重拳，我躲避着他，趁他没防备的时候一脚踹在他的膝盖上，他疼得倒了下去，我扑过去压在他身上，对着他的脸部连续用左拳击打。

"两位别打了，现在可不是内讧的时候！"闽菜上前把我拉开，并制止住我鬼站起来之后的反扑。

"他的腿伤了，没办法正常走路。"闽菜在察看过我鬼的膝盖之后，走过来对我说。

我这时才发现土地的温度高得有些异常。

大火离我们越来越近了，空气里弥漫着灼热的焦土味，我意识到自己做了一件愚蠢的事情，可能坐在远处的我鬼此时也是这么觉得的。

"给我找一根合适的树枝，我还可以走。"我鬼对着闽菜说，故意不看向我。

闽菜找来了一根粗细长短都比较合适做手杖的树枝，我鬼拄着它继续往目的地前进。

他的速度不慢，为了显示自己还能走，他强忍着膝盖的痛楚。

我和闽菜跟在他后面，一直走到看不见任何光亮，前方伸手不见五指，巨大的六边形柱群消失在视野里。我们往身后望去，荒火没有那么近了，只在远处天空下闪烁出一些微弱的火光。

"我累了，我要休息。"我鬼停下来对闽菜说。

我们三个找了一处地势比较低的地方，闽菜躺在我和我鬼之间，因为都没有睡眠，我们可以在黑暗中清楚地听见彼此的呼吸。

沉默在这个夜里像一根口袋里突出的刺，没有人真正摸的到它，可都能感觉到它的存在。

风里没有了烧焦的气味，灼热的温度降下去了，空气中的烟灰也不再肆虐，有那么一个瞬间，我们都觉得身后的那场扑天盖地的荒火熄灭了。

"我曾考虑过自杀，"闽菜的声音响起得有些突然，"不是闪过脑中的一个古怪念头那种，是真正地想，思考，权衡。在一开始被秽语综合症折磨得承受不了的时候，我已经下定决心要结束自己的生命。"

"我也想象过自己会以怎样的方式死去。"我鬼掏出一根烟点着抽起来，黑暗中有了一点忽明忽暗的烟火。

"总不能老死在那栋楼里吧，以前想效仿太宰治与情人相约一起殉情，但作为一个无产者，终究发现情人是资产阶级的专属，无产者没有情人，只有革命友谊和阶级感情。平日里按摩工作很累，收工之后都要喝一杯白酒解乏，我想我还是喝酒喝死算了。"

对于楼里的居民来说，死真的是一个经常被提及的话题。

我记得最年长者已经有一百岁了，他太老了，只能靠吃一些麦片粥维持生命。

不知道他能不能在第一次崩塌之后幸存下来，死对于他来说，是漫长而腐烂的生活里的一次解脱。

真正自杀的人很少，人们不愿在日益衰败的大楼里终老，也不愿在还可以纵情享乐的年纪里扼杀欢愉。

跳天井是他们最热衷于谈论的自杀方式，在他们眼里，我们三个现在已经死了。

也许我们已经死了，我对着黑暗喃喃自语。

闽菜和我鬼可能觉得我疯了，两人都没有说话。

我们也许已经死在了天井里，我又说了一遍。

怎么会，闽菜终于忍不住搭茬了，我们可不都还活着吗，不然怎么能来到这里，看见这荒野，这六边形柱群，感受到身后的荒原大火，躺在这样的黑夜里探讨死亡呢。

我鬼浅浅地"哼"了一声，声音很小，但我还是听见了。

"没有活着的人知道死亡是什么样子，毕竟没有死者回来跟我们描述过死后的世界。对于生者来说，死亡是个人感观上现实世界的寂灭，这是缺乏想象力的论述。对于死者来说，感官也许并没有消失，只是在另一个世界里得以延续。如果说大楼是我们的现实世界的话，那么我们在那个世界可能已经死去了，而在这个天井中继续存活。腐烂的封闭大楼是我们的生，荒凉广漠的六边形原野是我们的死，无论是生是死，都是同样惨淡的光景。选择用死来结束生之痛苦的人也许并不会想到，死后的世界依然难熬。如果我们三个确实已经死了，那就证明大楼里唯一的出口就是死去，没有活着的人可以离开。"

　　我没有对谁说这段话，甚至不是对我自己。

　　我只是说出这段话，就像从肺里呼出废气。

　　"荒谬！"我鬼的声音在忽明忽暗的火光后是一只沉默的夜枭。"说我们还活着的人是你，说我们死了的人也是你。我们的生死，在你的嘴里轻浮得好像草菅人命的伪革命运动。诚然没有死去的人出现在我们面前，然而我们在大楼里又何尝不是一种死去。也许正因为没有人知道生与死的界限，所以生与死都同样不可确定。流浪汉是你的朋友，他告诉你曾经有人跳入过天井里却没有留下任何痕迹，那么这个跳进天井里的人是离开大楼而活着还是进入六边形荒野而死去便成了一个未解的谜。显然我们是解谜的人，是为了革新生与死的理念而英勇作战的人。我们有着对未知探索的本能以及承担所有后果的担当，这才是一个革命者必备的素质，特别是一个对现有的一切都不满的革命者——还有什么是一个对一切都不满的人不可以质疑的！虽然你说我虚伪、言语大于行动、用口号掩盖懦弱，但最起码我还敢于质疑、敢于说出理想，哪怕你觉得那只是我无能的宣言。我鄙视你，不仅仅因为你的胆小谨慎导致你对别人的尖酸刻薄，更是因为你基于自己的保守和怯懦而贬低别人的想象力和勇气。没错，我承认自己是个懦弱无能的人，但就如我这么一个懦弱无能的人也有心中的偶像和圣杯。我指望着它们而活，它们也给予我继续生存下去的精神力量。你无法了解像我这样的人多么需要这样的鼓舞和激励，不，你并不了解。你只关心别人是不是符合你的审美要求，别人是不是按照你所认可的方式而活，总而言之你就是一个自私的利己主义者，你只为了自己的认知和标准而活，以攻击不符合你审美的他人为乐从而满足自己的无知和狭隘。我后悔认识你，我不应该与你为伍，来到这狗屁的六边形荒野，与此相比，也许坐在形将垮塌的腐烂大楼里等待第二次崩溃更加具有革命的戏剧性。"

　　深夜的寒冷是我之前从没有体验过的，锈蚀的大楼虽然岌岌可危，但总算是可以保证最基本的温暖。

　　毫无遮蔽的荒原在黑暗里释放出寒冷、恐惧、怪诞，如同一只吐出墨汁的章鱼。我希望面前有一团篝火，可以让我伸出双手感受灼热的跳跃。在我身边瑟瑟发抖的闽菜靠振动自己的身体和牙齿取得饮鸩止渴的释然。

　　我觉得是应该做点什么的时候了，于是我站了起来，在冰冷的黑夜里将身体融入了没有光线的屏障。

　　已经看不见远处的荒火，连一点点火光都没有，可能真的是熄灭了吧。我循着我鬼嘴边的烟火走到他身旁，抢过他嘴里的烟来吸了一口，问他我们还有没有重归于好的可能。

　　"你抢走了我的烟，事先没有征询我的意见，在你眼中这一切都是理所应当的，所以你夺走我的烟的时候动作自然而有力，在我眼里，这是一种货真价实的强盗行径，是长期以自我为中心并对侵略和掠夺别人财产物件麻木不仁的典型表现。作为一个无产者和向往游击队的自由战士，我无法和一个强盗握手言和，无论是精神还是我的双手。"

　　我没有与他争辩，只是在他身边坐下来。我开始想那只黑猫，不知道它在楼里生活得怎么样了。

　　我怀念流浪汉，他是一个心理治疗师，一个收藏家，一个医生，一个连接他人命运的信使。我想念管理员，意识到以后可能再也看不到他拿着物业费收据和水表刻度清单出现在我面前的时候，居然微微有些伤感。

　　我惦记"我"，一向沉默寡言的"我"，挤在喧闹的人群中却从未被人发现的"我"。

　　我甚至开始怀念起那栋不断朝着衰败和灭亡迈进的大楼。

　　至少在那栋楼里，没有这样的寒冷和争吵，人们都有着同样的未来，因共同的目标或者爱好而聚集在一起的小团体更加团结，不会迷失在言语的情绪里。

荒原与封闭的大楼相比太辽阔了，凝聚的高密度的情感在这样幅员广袤的场所里稀薄得如同泥土中的沙粒。

我分明地感觉到自己与我鬼、闽菜之间的联结淡漠了，黑夜的浓稠终将稀释于浅薄的黎明。

闽菜哭了起来，我听到了他哭泣的声音。

他开始用手使劲地拍打着自己的头部，嘴里不断地说着不堪入耳的秽语。

我发现自己听不懂他说话的意思了，没有办法将他口中的污秽词语翻译成正常的言辞，闽菜语言体系里的"中间所指"隐遁了，或者被他有意识地掩藏了起来，他在此时又回归到以前那个无人可以理解的秽语综合症患者的状态，我觉得他再一次感受到了孤独和绝望。

火苗出现在闽菜的手里，他不知什么时候摸走了我鬼的打火机。

在微弱的火光里，闽菜的表情凶狠而惆怅。

"你们两个呆逼别鸡巴吵了，操你们姥姥个逼，是活是死试一试就知道了，我去你妈的。"

他点燃了自己的衣角，又开始点自己的头发。我想过去扑灭他身上的火焰，却被他一脚踹开，他点着了自己的裤子，上衣，头发也被引燃，我和我鬼想过去扑倒他碾熄他身上的火，却发现根本没有办法靠近。

就耽搁了这么一会儿工夫，他整个人都被火势吞没了。

我和我鬼颤抖着站在离他不远的地方，眼睁睁地看着闽菜在火焰里消失。打火机被他从火里扔出来，冒着滚烫的热气。我们闻到皮肤和毛发烧焦的气味，和荒原上的大火里传来的气味差不离。

闽菜没有叫喊，甚至没有挣扎，他只是静静地坐下来，好像在燃烧着的并不是他的躯体。

"自始至终，你们都没有念对我的名字。"他从火焰里伸出中指，说出了自己的最后一句话。

我们不再觉得寒冷，闽菜身上的火烧了很久，天渐渐亮了，破晓里的远方，巨大的六边形柱体发出了浅浅的光。

身后的大火又出现了，在荒野的版图里继续征伐。

是闽菜重燃了这场火，我对我鬼说。

是的，我鬼点头，是的，闽菜是个好战友。

"我们还活着，"我看着我鬼的眼睛，一双忧郁、迷离的眼睛，"继续前进吧，为了闽菜。"

"为了闽菜！"我鬼捏紧了拳头。

右手不断旋转扭曲的我和右腿膝盖肿胀难行的我鬼，在身后大火的追逐下艰难前行。

越靠近六边形柱体，我的右手旋转得越发严重，整个右臂都被带动得向内侧扭转，导致身体不能自主地开始间歇性震颤。

我鬼的情况也好不到哪里去，没有了闽菜的搀扶，他拄着树枝的手很快就失去了力气，在渐渐逼近的荒火前轻易地汗湿了衣衫。

"我们会死在这场大火里。"我停了下来，妄图用左手控制住扭曲的右手。

"歇一会儿，抽根烟再死。"我鬼扔掉树枝，躺在发烫的荒原上。

他摸出最后两根烟，给了我一根。

"要是能再有一瓶酒就好了。"我坐下来，看着眼前随时都有可能吞噬掉我们的大火。

"至理名言。这时候要是能有一杯冰镇萨布卡，上面放三粒咖啡豆，仰脖子喝下去，不，我们要先碰杯，为了这如火的革命热情，面对烈火却凛然不惧的革命觉悟，这一杯酒会永远留在人类革命的史册中，我们没有失败，我们的碰杯不是预兆着灭亡，而是开始。"

我们坐在一起抽烟。

荒火像天边的晚霞，散发着诡谲的魅力，尽管现在只是黎明。

高温让一切变得透明，无论是土地还是火焰自身。

我在快要烧到脸上的火光里看到了我自己，巨大的六边形柱群倒影在这场火里，才使我发现原来六边形只是它巨大身躯的一小部分。

拥抱这火焰，被燃烧的才是真相。

进入灼热的疼痛，需要冰镇的酒，和冷漠的药物。

我在火里看到了管理员。

他两手空空，指着我身后的六边形柱体，说去那里找我。

我不明白他的意思，可他转眼间就消失了。

紧接着"我"出现了，怀里抱着一个婴儿。

"我"没有和我说话，只是一直看着自己怀里的孩子，火光闪烁，我再也看不见"我"。

流浪汉从火焰的深处走出来，手里拿着锈红色的玻璃瓶和一个针管。

他用针头从瓶子里吸取了足够的眼泪，牢牢地抓住我的右手，将针管里的泪水注射进我的右臂。

我的右手像被火焰灼烧了一般，可他不管不顾。注射完之后他就走回大火里，直至我再也看不见他的背影。

黑猫在流浪汉完全消失在火焰深处之前出现在流浪汉的肩头，它是透明的火焰里一团烧不化的阴影。

最后出现在我眼前的人我并不认识，他说他是第一个跳进天井里的人，是流浪汉的朋友。

我们都在等着你，他说，一直在六边形的世界里等你。他身后的火光之中陡然出现了六边形躯体的全貌。

我从未见过那样诡异的结构，那是一种滋生在宿主身体里肆意繁殖的蚁穴或蜂巢。

如果我的描摹能力值得信赖，那么它的结构大概是这样的：

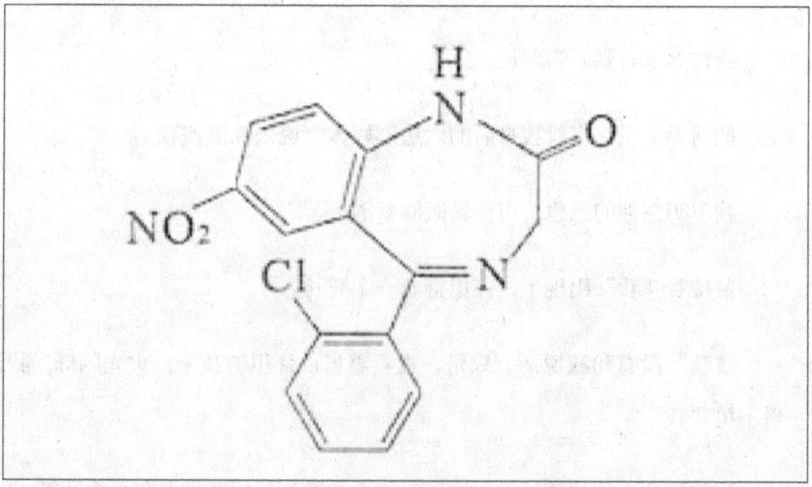

快来吧，有了你，我们就齐全了，他最后这么对我说，然后他也消失了，

我的面前只剩下大火，可以分解一切的大火。

"我要走了。"我转过头来对我鬼说。

"回来的时候再到楼里喝一杯萨布卡。"我鬼和我握手，我的右手被注入了眼泪之后竟奇迹般地不再扭曲了，我可以用右手和他握手，我们的手握得很紧。

"可惜闽菜不在了。"我忍不住哭了出来。

"是啊，闽菜是好小伙子。"我鬼也哭了。

我放开他的手，转身往大火走去。

结束了，剧场的大幕要降下来了，图兰朵的嘴唇终被卡拉富亲吻。

我的身体感受到了火焰的抚摸，这触感轻揉得像音符、像羽翼、像所有空间里诗意的断点。